スキルはコピーして上書き最強でいいですか

改造初級魔法で便利に異世界ライフ

4

深田くれと
Fukada Kureto

Illustration
藍飴

登場人物紹介
Main Characters
リリス
人間と悪魔の
血を引く魔人。
特徴的なスキルを持ち、
ステータスも高い。
サナト
（柊《ひいらぎ》佐《さ》奈《な》人《と》）
本編の主人公。
異世界転移者ながら、
清掃係として暮らしていた。
ダンジョンで新たな力に
目覚める。
バール
圧倒的な戦闘力を
誇る悪魔。
サナトに倒され、
従属することに。

リリアーヌ
ディーランド王国の姫。
エルフと転移者(日本人)の
血が流れている。
モニカ
リリアーヌの付き人で、
学園でも指折りの実力者。
サナトとは
面識がある。
ルーティア
ダンジョンコア。
謎スキル『エッグ』が
進化した存在。
実体化することも可能。
セナード
サナトと同じ
学園に通う生徒。
大貴族である
イース家の御曹司。

第一話　見たことがない

ティンバー学園に入学したサナトが、圧倒的威力の魔法を見せつけてから、三日が経過した。

サナトはあれ以来、数人の同級生に力の秘密をしつこく尋ねられたが、すべて煙《けむ》に巻いた。

そもそも「どうすれば初級魔法を強くできるか」という質問には、答えたくとも答えられないのだ。

しかしサナトの事情を知らない者達は、「創意工夫して得た魔法の力」や、「周囲に明かせないスキルの力」のことだから、赤裸々《せきらら》に語るはずがなくて当然、と理解した。

尋ねる生徒だって、聞かれて答えられないことは多い。

時に、昨日の友が今日の敵になる世界で、手の内を晒《さら》すのは、リスクを背負うことになるからだ。

その結果、サナトは一目置かれてはいるものの、積極的に輪に入ろうとはしない人間として理解されていた。

「――稀代《きだい》の英雄王ノトエアは、こうして大雨による鉄砲水を利用し、数で勝る帝国軍を撃退した」

王国の歴史を学ぶ時間帯。

切り出された白亜《はくあ》をチョーク代わりにして、教師のカルナリアが黒板に簡易な図を描いた。

「ノトエアが砂漠の標高を活かして陣を構えた場所がここだ」

丸で囲んだ一か所をコツコツと叩く。

「先生、じゃあノトエアは、偶然の大雨で勝てたってことですか？」

一人の少女が不思議そうに声を上げると、カルナリアが首を縦に振った。

「ノトエアには、大雨の降る未来が視《み》えていたのだろう、と言い伝えられている」

「あっ、それ聞いたことあります」

横から口を挟んだ小柄な少年が、『『おそらくの未来視』ですよね？」と知識を披露した。

カルナリアが軽い拍手を返し、微笑《ほほえ》む。

「よく知ってるな。その言葉が書かれた本はあまり知られていないのに」

「最近、ちょっと風変わりな伝記を読む機会があったんで」

普段厳しいカルナリアの称賛を受け、まんざらでもない様子の少年は、うっすらと顔を赤らめた。

周囲の誰かが「さすが秀才」とはやし立て、少年はさらに小さくなった。

カルナリアが教壇《きょうだん》に両手をかけ、乗り出すように生徒を見回した。

「余談だがついでに話しておこう。ノトエアは未来視ができたと考えられている。周囲に伝える時には、『おそらく』という言葉を必ずつけたそうだが、九割ほどの確率で当たったらしい。一つの確定した未来が視えていたのではなく、複数の未来が入り混じって視えていた、という説が、学者の間では濃厚だ」

「未来が視えるから、無理に攻めずに、雨で流されない場所に陣取ったのですね」

「そうだ。ノトエアが帝国軍を目の前にして仕掛けた交渉は、敵をその場に留めるための時間稼ぎだったというわけだ」

「すごい人ですね」

カルナリアが、生徒の感嘆の言葉に表情を綻《ほころ》ばせた。

誰もが目を輝かせて耳を傾ける。戦略の話よりも、偉人伝を聞く方が楽しいのだろう。

「若いころのノトエアは、自分に自信が持てない人間だったそうだ。そのあたりの逸話も数多いから、気になるなら自分で調べてみてもいい。運が良ければ、ノトエアの話を直《じか》に聞ける機会が来るかもしれんしな」

カルナリアは言葉を締めくくる。授業の終了時間が迫っていた。

残念そうに肩を落とした大勢を前に、彼女は苦笑して、黙々とペンを走らせる男に視線を向けた。

「それにしても、サナトはずっとメモを取っているな」

「初めて聞く話ばかりなので忘れないようにと。この国に千年以上の歴史があるとは知りませんでした」

「そうか。まあ、どこかで何かの役に立つかもしれん。その心がけは素晴らしい。だが――」

カルナリアが目に剣呑《けんのん》な光を湛《たた》えて、生徒達を睨《ね》め付けた。

「一番熱心に書き留めようとしているのが新入生とはどういうことだ？　強さは剣技や魔法だけ

じゃないぞ。知恵や知識も必要になることがあるんだぞ」

「もちろん、分かってますって」

一人の男子生徒が、優等生を演じてすばやく手を挙げた。口元がにやにやと緩《ゆる》んでいる。

カルナリアは内心でため息をついた。

＊＊＊

「あの……」

授業後、要点を清書していたサナトは、聞きなれない声に手を止めた。

ざらざらした紙とペンをアイテムボックスに放り込み、ゆっくり声の主に視線を向けた。

同じ円卓に座る黒髪の少女だ。編み込んだ黄色い紐《ひも》がこめかみのあたりで揺れ、細い両腕で古い本を抱えている。窺《うかが》うような表情で一歩近づいてきた。

「良かったら、一緒に昼食どうかな？」

「別に構わないが……場所は？」

「一階の食堂でどう？」

「連れも一緒で構わないか？」

「もちろん。初日に一緒に入ってきた紫髪《むらさきがみ》の子だよね？　食堂は区分けされてないから大丈夫だよ」

いつの間にか、教室のざわめきが潮が引くように消えていた。

少女は気にしない様子で、「じゃあ、行こっか」と、アイテムボックスに丁寧《ていねい》に本を収納した。

「あっ、私はリリアーヌ。よろしくね、サナトくん」

＊＊＊

サナトは隣の教室に、初めて足を踏み入れた。

この三日間は、リリスがいつも廊下《ろうか》で待っていた。付き人の授業の心得の一つとして、主人よりも先に終えて待つ、というものがあるらしい。

しかし、今日に限っては遅れたようだ。

同じ間取りの教室の奥に視線を向けると、リリスの周囲に、一際《ひときわ》小柄な少女と細身の青年が立っていた。青年が何か声をかけ、リリスが居心地悪そうに、「やめてください」と口を動かしている。

サナトが、思わず険のある声で言い放った。

「リリスに何か用か？」

言葉を聞いて、少女と青年は、はっと振り返った。

しかめっ面《つら》を浮かべるサナトを見て、慌《あわ》てふためき、リリスの後ろに下がった。

リリスが立ち上がって表情を緩める。なぜか頬を赤く染めている。

「ご主人様、お待たせしてしまってすみません」

「申し訳ありませんでした」

洗練された動きで深々と頭を下げた少女と青年は、リリスのあとに声を揃えて言った。

困惑したサナトを、リリスが苦笑交じりでフォローする。

「ご主人様、違うんです。二人は……えっと……私のことを気にかけてくれて……色々と教えてくれていたんです」

「そうか。いや、すまん。てっきりリリスが困っているものだと……」

頬をかいたサナトは頭を下げ続ける二人に、「早合点《はやがてん》して申し訳ない」と謝罪する。

「リリスさんの言ってた通りです……」

少女が顔を上げて、ぼそりとつぶやいた。

サナトは頭上に疑問符を浮かべ見つめ返す。

「言ってた通り？」

「何でもっ、何でもないんです！」

リリスがサナトの視線を遮《さえぎ》るように小さな体を入れ、「本当に何でもないんです」と消え入りそうな声で繰り返す。

サナトの表情が和らいだ。

「まあ、リリスが困ってないなら何でもいいさ。ところで、今から食堂に行くが、一緒にどうだ？

そちらの二人と先約があるのか？」

「い、いえっ！　まったくそういうことは」

「そうか……」

サナトが微笑み、リリスの後ろの二人に水を向ける。

「リリスを連れていって構わないかな？」

「もちろんですっ！」

少女が弾《はじ》かれたようにソプラノの声を上げた。ウェーブがかった薄橙《うすだいだい》色の髪がふわりと揺れる。

「どんどん連れていってください！」と、勢いよく言葉が続き、言葉遣いがまずいと気づいたのか、

「あっ」と視線を落とした。

青年がそれを横目に困り顔を浮かべ、優雅に頭を下げる。

「リリスさんは、サナト様の付き人です。我々のことを気にしていただく必要はまったくございません。お時間を取らせてしまい、申し訳ございませんでした」

サナトは青年の柔らかい物腰に、内心で「すごいな」と感嘆する。

言葉の端々《はしばし》に、磨き上げられた気品のようなものを感じさせるのだ。

彼の主人は一体誰だろう。

サナトは自分の教室のメンバーを順に思い浮かべたが、似た雰囲気の人間は思い当たらなかった。

＊＊＊

サナトとリリスは、リリアーヌの対面で椅子《いす》に座った。

長大なテーブルの上には、綺麗に空《から》になった皿がある。

当初、リリアーヌを前にしてリリスは身を固くしていたが、壁を感じさせないフランクな口調に、ゆっくりと打ち解け始めていた。

「へえ、サナトくんってパルダン出身なんだ。私は王都生まれの王都育ち。リリスもパルダンなの？」

「私はご主人様に拾われた場所がパルダンです。出身地は……記憶にありません」

黒髪をくるくると片方の手でいじるリリアーヌが目を丸くする。

「拾ってもらったってどういうこと？」

「私は物心ついた時から――」

「リリアーヌ、そのあたりはデリケートな問題だから、察してくれ。で、食事前に言った聞きたいことって何なんだ？　雑談だけってわけじゃないんだろ？」

サナトは食堂の時計を横目で窺う。

学園の授業は昼までで午後の授業はないが、すでにかなりの時間を雑談に費《つい》やしていた。

それに、今日はギルドに顔を出してほしいと言われている。

「あっ、そうだった」

リリアーヌが思い出したように身を乗り出す。

「サナトくんってすごく真面目に授業聞いてるよね。取ったメモ見せてくれないかな」

「……俺のメモを？」

「うん。ダメかな？」

上目遣いでサナトを見つめるリリアーヌの瞳には、強い好奇心が浮かんでいる。

サナトはどうしようかと考えてから、アイテムボックスから紙束を取り出した。

「リリアーヌに俺のメモが必要になるとは思えんがな」

「ううん、助かるよ。でも……ごめんね。見たいのは内容じゃなくて――」

「文字か？」

「……えっ？」

「驚かなくてもいいだろ」

サナトが苦笑しながら続ける。

「リリアーヌがずっと俺の手元を盗み見ていたのには気づいていた。最初は新入生だからかと思ってたんだが、三日間ずっとだ。これはおかしいと思っていたら、どうも俺がペンを走らせるときだけ見られてる。となると、書いた内容か……それとも珍しい俺の文字のどっちかだ」

「……ばれてるとは思わなかった。一度もサナトくんの視線は感じなかったのに」

サナトは肩をすくめて笑う。

「盗み見は俺が一枚上手だったってことだな。それで、読めない字に興味があるのか？」

「読めないのも分かるの？」

訝《いぶか》る瞳を向けるリリアーヌに、サナトが束から一枚紙をちぎって差し出した。

そこには『元の世界の言葉』でこう書かれていた。

〝──悪魔に出会った。非常に狡猾《こうかつ》で、陰で暗躍する彼らは、人間を超越する力を持っている。愛くるしい見た目に惑わされてはいけない。存在する目的が不明なのだから──〟

リリアーヌが目を大きくして、まじまじと見つめた。

「……何て書いてあるの？　どこの国の言葉？」

「その反応は間違いないいな。ディーランド王国から遠い国の言葉だ。内容は……授業中に書く文章じゃない、とだけ言っとく。まあ、リリアーヌが不思議に思った通り、俺が変わった文字を書くってことは、間違いない」

サナトはそれだけ言うと、紙束をアイテムボックスに放り込んだ。

第二話　学園長

リリアーヌは鐘の音とともに、学園を出た。

噴水前には専用の馬車が待っていた。周囲には彼女を守るため十人の精鋭が控えている。馬も篭も、他とは比較にならないほど大きく、豪奢《ごうしゃ》なそれは走るだけで威風を放ち、他の学生や国民の羨望《せんぼう》の的だ。

学生という身分で過保護すぎる、と訴えてはいるが、これ以上の戦力削減は危機管理能力を低下させると却下された。

入学当初は、罪深い自分がこんなに耳目《じもく》を集めるものに乗るのか、と気後《きおく》れしていたが、今はあまり考えないようにして、家名に恥ずかしくない態度を装っている。

背筋を伸ばし、歩幅は大股にならないように肩幅を意識。かかとからつま先に体重を後ろから送るように踏み出しつつ、重心は前のめりにならないようにやや後ろを保つ。

将来のために厳しくしつけられた動きが、湧き上がっていた高揚感を少し冷ました。

素早く馬車に乗り込む。年老いた臨時の付き人に、平坦な声音で「城へお願い」と告げた。付き人の白い眉《まゆ》が、「おや？」と不思議そうに寄ったが、口を引き結んだリリアーヌを見て、深々と頭が下がる。

そして、護衛に二言ほどつぶやいて扉を閉めた。

王都はティンバー学園からちょうど南に存在する。

帝国が攻め込んできた際には、学園を防波堤とする思惑があったと言われている。

十分な数の軍を待機させるための訓練場と、大っぴらになっていない地下備蓄庫。そして、王都まで通した巨大な地下通路。

学園では、一部の上層部だけが知る情報だ。

リリアーヌは護衛に囲まれながら、王城に足を踏み入れた。訪れるのは久しぶりだ。

とある事件以降、城で働く召使いや役人、貴族、果ては清掃係や料理人に至るまでが、彼女に恐怖の視線を向けるようになったからだ。

加えて、レベルが高い憲兵にすら警戒心を持たれていると思うと、自然と足は遠のいた。

リリアーヌは警備員のチェックを顔だけで通り抜け、静謐《せいひつ》な廊下を進む。

すると、幼少時代から知る召使いの女性が、微笑みながら近づいてきた。ギュネーだ。

「リリアーヌ様、陛下にご用事ですか？　珍しく時間が空《あ》いているようですよ」

「うん、手紙で聞いてる」

痩身《そうしん》のギュネーの両手には重そうなバゲッジが二つ抱えられている。

しかし、足取りはしっかりしている。

足下から統一された黒い衣装の効果もあって、年齢を感じさせない若々しさがある。

ギュネーは廊下に荷物を置くと、「お久しぶりです」と両手を組んで頭を下げた。

リリアーヌはようやく信頼できる人間に出会い、ほっと胸を撫《な》で下ろして言った。

「ギュネー、ほんと久しぶりね」

「本当に。陛下も私もいつも首を長くしてお待ちしておりますのに、最近はめっきりいらっしゃらなくなって寂しかったです」

柔らかく微笑むギュネーに、リリアーヌも釣られる。

「ごめんね。ギュネーの仕事が終わったら遊びに行くから。久しぶりに話でも聞いてくれる？」

「もちろんです。では、荷物を運び終えたら部屋でお茶の準備でもしておきます。リリアーヌ様がいらっしゃってくれたおかげで、私の仕事もはかどりそうですから」

「どういうこと？」

「リリアーヌ様が陛下とお約束なさっているということは、陛下のお部屋が珍しく大変綺麗になっているだろうと……そういうことです」

ギュネーは悪戯《いたずら》っぽく片方の目をつむった。

リリアーヌは散らかりっぱなしの部屋を想像して、「なるほどね」と苦笑した。

「では、後程」

「ギュネー、荷物大丈夫？　手伝おうか？」

歩き出したギュネーに、リリアーヌが近づいて手を伸ばす。

ギュネーがゆっくり首を振った。

「これは私の責務です。お嬢様の力を借りなければならなくなった時には、潔く身を引かせていただきます」

「……相変わらず厳しいね」

苦笑したリリアーヌに、ギュネーが微笑んだ。

だが、表情とは異なり、瞳は窘《たしな》めるような色を浮かべている。

リリアーヌの鼓動が小さく跳ねた。

「どのような仕事でも、自分ができることはきっちり把握しておかねばなりません」

ギュネーはそれだけ言って、静かに歩き始めた。

リリアーヌが背中を羨《うらや》ましげに見つめて、ぽつりと言った。

「さらっと、耳に痛いお説教を混ぜてくるんだから。みんなギュネーみたいに強くないんだよ」

リリアーヌは、くるりと背を向けて廊下の奥へ進み始めた。

最奥にたどり着くと、二人の憲兵が立っていた。

二人はリリアーヌを見て、「あっ」と声を漏《も》らし、弾かれたように敬礼を行った。

リリアーヌがノックし、返事を確認して扉を押し開けた。

学園の教室ほどの広さの部屋だ。

壁際には階段状の三段棚を備え付け、その上に色とりどりの植物を、小さな鉢から大きな鉢まで何種類も並べている。

日光が十分に当たらない環境下にあっても、植物はみずみずしく花を咲かせ、濃い緑の匂いを充満させていた。

王の自室というよりは、疑似的な森を惹起《じゃっき》させる空間だ。

リリアーヌは安らぎを感じながら深呼吸した。

胸いっぱいに広がる深緑の香りと共に、部屋の中央で微笑む女性に頭を下げた。

「ハヅキ＝レイナ陛下、久しくご無沙汰しております。この度は、拝顔の栄に――」

「やめてリリアーヌ。私とあなたの間でしょ？　堅苦しいのはやめてちょうだい」

レイナはそう言って、リリアーヌに近づいた。

両手で慈《いつく》しむように黒髪を撫《な》で、首から肩を通って腰のあたりに触れた。リリアーヌが照れくさそうに身をよじったのを見て、レイナが優しい声で言った。

「成長は遅いけど、しっかり女性らしくなってきてる。周りの男性に言い寄られてたりしない？」

「そ、そんなことないです」

「そうなの？　もったいない。私ならすぐ声をかけるけど。でも、もう少し経ったら自由な恋愛が難しくなるかもしれないから、想い人がいるなら、早めにお付き合いしておきなさい」

悪戯っぽく笑うレイナの視線に、リリアーヌは真っ赤になって俯《うつむ》いた。

そんな彼女の頭をもう一度撫《な》でたレイナは、目尻を下げて言った。

「それと、言い忘れたけど陛下は勘弁してちょうだい。元々そんな器《うつわ》じゃないんだから。学園長って呼ばれる方がまだましかな……単に長生きの種族ってだけだし」

「ノトエア様の亡《な》きあと、百年以上の治世を続けてこられたことには誰もが感服しています」

リリアーヌが素早く反論する。

しかし、レイナの表情は曇《くも》ったままだ。

「私は、夫が残した未来視に頼ってきただけよ。何もかも、ノトエアが考えてできなかったことを実行してきただけ。豊富な寿命と、恵まれた力を盾《たて》にね」

レイナは、視線を部屋の片隅のとある植物に向けた。

長く美しい金髪から、彼女の種族を表す尖《とが》った両耳が覗《のぞ》いていた。

第三話　待っていた人物

「ようやく決心がついた？　何度も言うけど、あの事故は不運が重なった結果よ。できれば、夫と私の血が色濃く出たあなたに跡を任せたい。その黒髪と、成長が遅い体、それと爆発的な魔法の攻撃力が何よりの証拠よ」

「それは……」

リリアーヌは気まずそうに視線を落とした。レイナがため息交じりに苦笑する。

彼女が迷っていることは一目瞭然であった。

リリアーヌはハイエルフであるレイナの直系に当たる。

ノトエアとレイナは運よく子宝に恵まれたが、その後の子孫の誰もが圧倒的な寿命を誇るハイエルフの特性は引き継げずに、徐々に血が薄れ、リリアーヌは四代目に当たる。

レイナはノトエアの死後、遺言を盾に周囲の反対を抑え込んで玉座に座ったが、人間の国であるディーランド王国に異種族であるハイエルフが君臨することを、快く思っていない者もいた。

そもそも人間とハイエルフの間に子が生まれたこと自体が奇跡だったのだ。

「じゃあ、今日は遊びに来てくれたの？」

「いえ、陛下のお時間を私のわがままに使うことは……」

レイナはきょとんと首を傾《かし》げ、「別にいいのに」と肩を落とした。

その表情がとても真剣であったため、リリアーヌが話を変えようと慌てて本題を切り出した。

「実は、私の身近に公用語じゃない文字を使う人がいるんです。それをお伝えしたくて」

「……どういうこと？」

レイナの顔がぎょっと変わった。

「例の、ノトエア様のお手紙を見せていただけますか？」

リリアーヌは室内の一か所に視線を送った。

自然と室内が緊張感に満たされる。

レイナが何も言わずに立ち上がって移動し、折りたたまれた紙を手にして戻ってきた。

色の変わった今にも崩れ落ちそうな古い紙を、レイナが宝物を扱うように優しく広げた。そして、二枚のうち一枚をリリアーヌに手渡した。

リリアーヌがさっと目を通す。

「間違いありません。この難しい字と、簡単な文字の組み合わせ。確かにノトエア様がお使いになった字と同じです」

リリアーヌは、そう言って手紙の一部分を指差した。

——愛する、レイナへ。

手紙の一行目。

若かりしノトエアがレイナに宛《あ》てて書いたものだ。

「他は分からないですけど、一文字目の字に見覚えがあります」

「そう……『愛』の文字を」

「あい？」

「それなら間違いないでしょうね」

レイナは深く頷《うなず》き、両目を閉じて天井を見上げた。

再びリリアーヌに向けた視線には、力がこもっていた。

「百年以上経って……ようやく来たのね……」

「レイナ様？」

リリアーヌが訝しげに見つめる。

しかし、レイナはそれ以上語らない。たっぷり時間をかけて二枚目の手紙に目を通し、やおら立ち上がった。

部屋の片隅に移動し、薄い桃色の花を労《いた》わるように手にとる。

甘い香りが漂《ただよ》う中、リリアーヌが恐る恐る尋ねた。

「ノトエア様と同じ文字を使う人と会いたいとおっしゃっていましたけど……」

「ええ、言ったわね」

レイナが儚《はかな》げに笑って尋ねる。

「その方の名前は？」

「サナトです。フェイト家の勧誘を断ったと……あれ？　確かレイナ様が入学させたとお話されてたのは……」

「どういう偶然かしら」

レイナは目を丸くした。引き出しから別の紙を取り出し、しげしげと眺める。

「フェイト家の推薦《すいせん》で入学させた人物と同じだわ。色々と思惑があって、指導者会を飛ばして入れたのだけど……まさか、探していた人物とは思わなかった」

「……彼はどういう人なのですか？」

リリアーヌが身を乗り出した。

「気になる？」

「……かなり気になってます。文字の件もありますけど、彼、《ファイヤーボール》の威力が桁違《けたちが》いにすごいんです。たぶん……私と同系統のスキルを持っています。それも、遥《はる》かに強力で制御の利く……」

「そう」

「レイナ様なら、そのあたりのこともご存知なのかな、と」

上目遣いで窺うリリアーヌに、レイナはゆっくりとかぶりを振った。

「そんなスキルを持っているとは聞いてないわ。ただ、異常なレベルとだけは耳にしてる」

「レベル40を超えているのですか？」

「そのあたりは、指導者会にすら下ろしていない情報よ。リリアーヌが私の跡を継いで、学園長にでもならない限り話せない。ただ、彼もステータスカードに映らない《神のスキル》を持っているのでしょう。いずれにしろ、私も尋ねたいことがあるし、会ってみなくちゃダメね」

「すぐにでも？」

「いいえ。すでに彼は私の一存で入学させたことで、注目を集めているでしょ？　その上、個人的に国王が呼び出したなんて話は、名家を刺激することにもなるし、無用な軋轢《あつれき》を生むわ。時期的に、『光矛祭』があるから、そこで接触しましょう。でも――」

レイナは、言葉を切って微笑を浮かべた。

「同じ《神のスキル》持ちが気になるなら、リリアーヌは使い方を教えてもらったら？　話しぶりだと悪い人じゃなさそうなんでしょ？」

「……怖がられないでしょうか？」

「そんなに可愛い顔をしたリリアーヌの何を怖がるのよ。隠してる耳だって怖がるようなものじゃないわ。悪魔が嗤《わら》って近づくんじゃないんだから。有名な話だからリリアーヌの事件だって知ってるでしょうし、気軽に『魔法を教えてください』って頼んでみなさい」

「……モニカがいないから、きっかけが難しくて」

「文字の話をした時点で顔つなぎはできたんでしょ？」

「あれは……レイナ様のためにと思って、いてもたってもいられなかったんです。今思えば、新入生に大胆すぎることをしたなって消え入りたいです」

リリアーヌが自信なさげに視線を彷徨《さまよ》わせる。

レイナが「もう」と口にした。すばやく立ち上がって彼女に近づき、小さな背中を軽く叩いた。

乾いた音と共に、リリアーヌがびくりと体を強張《こわば》らせる。

「臆病で怖がりさんは、なかなか直らないのね」

第四話　敬意をもって

レイナとリリアーヌは互いに近況を報告しあった。

ほとんどは多忙なレイナの愚痴《ぐち》だったが、言い聞かせるように日々の王政の苦労を伝える彼女の心中には、いずれ訪れる新たな時代の担い手を育てたいという想いもあっただろう。

小一時間、話をしていただろうか。リリアーヌの手作りであるヌガーと呼ばれるソフトキャンディに、二人で舌鼓を打ちながら、紅茶を楽しんでいた時だ。

強いノック音が室内に響き、レイナが表情を引き締めて立ち上がった。

やってきたのは面識のない一人の憲兵だった。厳しい顔つきが、扉の隙間から覗いた。

「陛下、例の獣が――」

リリアーヌが聞き取れた言葉はわずかなものだ。しかし、良くない話であることは、レイナの表情から明らかだった。

憲兵が何かを報告し、レイナが囁《ささや》くように質問をする。

リリアーヌは話の内容を慮《おもんぱか》り、この場から立ち去ろうと腰を上げた。

「陛下、公務の邪魔になりますので――」

「待って、リリアーヌ」

レイナは振り向かずに制止した。

談笑していた時と違う、強く凛《りん》とした言葉にリリアーヌは動きを止めた。

まるで、言葉そのものに強制力が存在するかのようだ。

百年以上の治世。その重みの片鱗《へんりん》を感じた。

「リリアーヌ、少し用事ができたのですが、良い機会ですから一緒に来てください」

ゆっくり振り返ったレイナの表情には微笑が浮かんでいた。

リリアーヌは唾《つば》を呑《の》み込み、無言で頷いた。

＊＊＊

レイナとリリアーヌを挟む形で、六人の集団の足音が規則正しく廊下に響いていた。

ただの廊下ではない。切り出した頑丈《がんじょう》な石で四方を固めた石の通路だ。

地下であることを示す多分な湿気が石の表面をうっすらと濡《ぬ》らし、ランプの明かりを冷え冷えと反射している。

「目的地はこの先です」

レイナの通りの良い声が壁に反響し、憲兵達の緊張が一気に高まった。

リリアーヌは不安に駆られて口を開いた。

「どこに向かっているのですか？　王城の地下にこんな場所があるなんて……」

「得てして重要な施設には表に出ない場所があるものです。用途は極秘の牢《ろう》であったり、緊急時の避難路であったりと様々ですが、詰まるところ、公にできない部分が地下に集まるのです」

硬い口調で言ったレイナの横顔は、すでにリリアーヌが知るものではなかった。

百年もの間、国王として清濁《せいだく》併せ呑んできた孤高のハイエルフは、視線を固定したまま歩いている。

角を曲がると、石の回廊が深く地下に下りていた。闇がぽっかり口を開けているようだ。

リリアーヌが恐る恐る覗き込んだものの、何も見えなかった。

すると、隣で何か準備をしていた憲兵の手元が光った。淡い光が六人の影を大きく石壁に映した。

「ここから下は、さらに使わない施設です」

レイナが言い終えると同時に、何かが衝突する音が響いた。すぐ側だ。それも真下だ。

一度。二度。

続いて石を削るような不気味な音が断続的に続く。

リリアーヌが視線を暗がりに向けて体を強張らせた。制服の裾《すそ》をぎゅっと握りしめると、温かい手にすくわれた。

「大丈夫よ、リリアーヌ。あなたに危険はないわ。私が後継者を危険に晒すような真似をするはずないでしょ?」

優しく微笑んだレイナがリリアーヌを落ち着かせるように言った。お茶目な気配を漂わせた、よく知るレイナの口調だ。

ほっと安堵《あんど》の息を吐いた時に、再び重い衝突音が響いた。

レイナは大げさに肩を落とした。

「ほんと乱暴なんだから」

うんざりした顔で言うと、「さあ、行きましょう」とリリアーヌの手を引いた。

時間はかからなかった。

ぐるりと円を描くように建造された石の回廊を進むと、大きな鉄扉の前にたどり着いた。

開けて中に入ると教室の三倍ほどの大きさの空間がある。

地面の数か所にランプが置かれ、互いを補うように周囲を照らしている。壁には真新しいハルバードが立てかけられ、魔法使い用のロッドも数本存在した。

中央には十人を超える憲兵が待機していた。誰もが厳しい表情を浮かべている。

全員知らない顔かと思ったが、一人だけ面識のある近衛兵長がいた。

「次期国王にゴマをすっているんですよ」と毒気のない口調で冗談を言って笑っていた彼の顔は、真剣そのものだ。

彼は入室したレイナの姿を目で捉えると素早く駆けてきた。

リリアーヌを一瞥《いちべつ》してから、きびきびした動きでレイナに敬礼を行った。

すぐさま残りの憲兵も同様の動きを見せた。

「ご苦労様、ブラン。状況は最悪ね？」

「丸一日眠ったように動かなかったので調査を進めていたのですが、今しがた動き出すようになりました。その際、調査に当たっていた三名が攻撃を受けて殉職しました」

「そう……私の名で手厚く埋葬してあげてください」

「ありがとうございます。それで……調査の結果ですが、率直に申し上げて、何も進展していません」

ブランが苦々しげに眉を寄せ、吐《は》き捨てるように言った。

「レベル30台の冒険者パーティで互角。物理攻撃では上級以上のスキルでようやく傷がつく硬さです。魔法は上級のものすらほとんど効果が見られません」

「……分かってはいたけど結果は変わらずか。手強いわね」

「地下を破壊してしまうので、達人級のスキルや魔法を試すわけにはいきませんが、効果は限定的かと思われます」

「ブラン、早計よ。それを確かめに私が来たのだから。運よく捕縛《ほばく》できたチャンスを逃すわけにはいかないわ」

レイナはそう言って胸を張った。

自信に満ちた表情に、隣でリリアーヌが憧れの目を向けたが、ブランは心配そうに声を落とした。

「陛下自ら危険な敵と相対することには反対です。鎧《よろい》も身につけておられません」

「その話は全員に説明したはずでしょう？　それに私は大軍の前に出たことだってあるし、鎧が必要ないこともよく知ってるはずよ」

「しかし……」

「心配してくれるのは嬉しいけれど、大事な実験でもあるし、偶然足を運んでくれた私の後継者に見せる意味もあるの。だから……ね？」

レイナは目尻を下げてブランを見つめた。

ブランがレイナの真っ直ぐな視線に根負けし、瞼《まぶた》を閉じて大きくため息をついた。そして、後ろに控えた十数人の憲兵に振り向き、「陛下のご意思は固いようだ」と告げた。

門を塞《ふさ》ぐように横に並んでいた兵達が、ざっと道を開けた。

リリアーヌが、あっ、と息を呑んだ。

憲兵の全員が、この先にレイナを進ませたくないという意思表示を隊列で示していたことを、ようやく理解したのだ。

「ありがとう、みんな。心配かけてごめんね」

「そう思っていただけるのなら、危険な真似はおやめ下さるか、せめて私を連れて行ってください」

「大事な部下を巻き添えにしたくないから、また今度ね。さあ、リリアーヌ行くわよ」

歩き始めたレイナの背中を、ブランは再びため息と共に見送った。

第五話　魔の法が魔法なら

レイナの「開けてちょうだい」という言葉に憲兵達が頷き、扉の両側に移動した。

いつでも行けます、と頷いたブランが鉄扉に力を込めた。

その様子を見ながら、レイナが朗々と声を紡《つむ》いだ。

とても異質な呪文だ。

「奏上の言……高天原《たかまがはら》に御座《おわ》す神々よ。小さき私に諸々の禍事《まがごと》、一切の罪穢《つみけがれ》を振り払わんとする強さをお貸しください」

レイナの体を覆《おお》うように、わずかな霞《かすみ》が生じた。室内の薄明かりを受けて、ぼんやりと光を屈折させている。

「よし」と腰に手を当てて満足げに胸を張った彼女は、リリアーヌを見つめた。

「《神格法二式・白闘衣》」

その言葉と同時に、リリアーヌも靄《もや》に覆われた。

不思議そうに片方の手を動かし、首を回して自分の背中側を確認した彼女は、隙間なく体にまとわりつく物体に指先を伸ばした。

ほんのわずかに触感が残った。ほどよいぬるま湯が体に当たる感覚に近いものだ。

何度も指で靄を突くリリアーヌにレイナが微笑みかける。

「すぐにこの感覚に慣れるわ。さあ、行きましょう」

二人は鉄扉をくぐり、カビと土の匂いが混じりあった空間に足を踏み入れた。

中央に、人間の腰から下程度の大きさの赤黒い生き物が鎮座していた。

リリアーヌは大きく目を見開いた。一度も見たことがない生物だ。

横にした卵に近い体型。細すぎる足が六本。鋭利な鉤爪《かぎつめ》のような足先が、地面を掴《つか》んでいる。

背中には、酒瓶を逆《さか》さにして突き刺したような棘《とげ》。

顔と思《おぼ》しき場所には瞼のない異様に大きな丸い一つ目。表面は透き通っており、奥に覗く漆黒の瞳は影を見ているようで感情を感じさせない。

リリアーヌは得体の知れない存在に背筋が冷たくなった。

「レイナ様、あれは一体何ですか?」

「私達は、『赤鋼の獣』と呼んでいるわ。心配しなくて大丈夫よ。リリアーヌは私の《神格法》で守っているから。それより……また動かなくなったようだけど、死んだふりが上手《うま》いから気をつけなさい。油断して近づくと危険よ」

「『赤鋼の獣』ですか?」

「ここ数年の間に現れた、あの赤黒い肌を持つ敵の総称よ。鎧みたいな光沢が表面にあるのが特徴でね、大きさにバラつきもあって、運よく捕縛できたあれは、『敏捷《びんしょう》型』と呼んでいるわ」

「敏捷型?」

「ええ。動き出すとなかなか素早いの。さて、どうしようかしら。さっきまで動いていたのは間違いないようだけど」

レイナは『赤鋼の獣』の背後の壁に、素早く視線を向けた。

爪で散々に掻《か》きむしった跡が残っている。

「あの跡は？」

「赤鋼は、壁を削って土や石を体内に取り込んで飛ばすの。一種の《土魔法》と似たようなものかしら。……うーん、やっぱり少し攻撃して様子を見ようかな」

レイナはそう言ってから両手を合わせ、指を絡《から》ませた。

リリアーヌの真剣な眼差しを感じたのだろう。「ん？」と視線を向けたレイナは微笑を浮かべた。

「《神格法》を間近で見るのは初めてだったかしら？」

「……は、はい」

「そう。教えてあげたいけれど、たぶんこれは、世界でもう私くらいしか扱えないの」

「レイナ様だけ？」

首を傾げたリリアーヌにレイナは頷いた。

「《神格法》は純粋なハイエルフだけが使えるスキルなのよ。誰でも使える魔法とは対極に位置するスキルだと私は考えてる。魔に属する法を魔法と呼び――」

「神に属する法が……《神格法》」

「正解よ。それは前に教えたかしら」

レイナがリリアーヌの頭を優しく撫《な》でた。

「《神格法》はＭＰを消費しない。属性もなければ、形もない。大昔の文献によれば、人間の中にも使い手がいたそうだけど、火や水といった魔法の方が目に見えて分かりやすいのでしょう。すぐに使い手はいなくなったそうよ。汎用性はあるけど、地味だからね」

「で、ですが、《神格法》を使えるレイナ様は誰よりも強いと……そんなスキルが地味だなんて」

「目に見えないものより、見えるものを信じる。これは人間の性《さが》よ。お金で買える魔法と違って、使えるようになるまでに時間もかかるしね……さあ、余計な話は、おしまい。そろそろ仕掛けるわ。リリアーヌは念のため、私の後ろに」

レイナが悲しげな顔を振り払って、リリアーヌの前に出た。

みるみる表情を引き締め、組み合わせた両手に力を込めた。まるで鬼気迫る祈祷《きとう》のようだ。

「《神格法五式・みづち》」

リリアーヌの真横を巨大な何かが通り過ぎた。目には見えないがそう感じた。

風圧と聞きなれない風音。

重量のある物体が、唸《うな》りをあげて『赤鋼の獣』に向かったのだ。

途端、まったく動かなかった獣の黒い瞳に青い光が灯《とも》った。細い六本の足の関節が一瞬曲がると素早く動き出した。

「寝ていても危険は察知するみたいね」

苦々しげなつぶやきが聞こえたと同時、獣が左に跳んだ。体の大きさを考えても、すさまじい跳躍力だ。

獣がいた場所が吹き飛び、室内が揺れた。一直線に太く抉《えぐ》られた跡ができあがっていた。

獣はドーム型の部屋の石壁に逆さの体勢で難なく着地すると、青色の瞳をぎょろりと動かして、さらに跳んだ。

「加減したとはいえ、五式は欲張りすぎか」

レイナが目で追いかけながら、再び手を組んだ。

「《神格法四式・とおし》」

上部の空間が揺らぎ、リリアーヌが顔を上げた。

光を屈折させた何本もの線が見えた。だが、目をこらした時には何もなかった。

代わりに耳に届いたのは轟音《ごうおん》。間近に何かが降り注いだような音だ。

獣が張り付いていた壁が爆散し、砂礫《されき》が舞った。槍《やり》で突いたような無数の穴が残っている。

リリアーヌが、「レイナ様、すごいです！」と歓声を上げた。

だが、レイナは「まだよ」と逆の壁を睨《にら》みつけている。リリアーヌが息を呑んだ。

獣が変わらず無感情の瞳を向けていた。

「四式もかわせるのね。この短期間で成長した？　いえ、こいつが特殊？」

ぼそぼそと自問するレイナの視線の先で獣が動いた。

大きな青い瞳の下で、だらりと顎が垂れ下がったように口が開く。そこから何かが飛び出した。

大小さまざまな石礫《いしつぶて》だ。

リリアーヌは声を上げる暇がなかった。凄《すさ》まじい速度だ。

石壁に次々とめり込んだ様が威力を物語っている。

しかし、レイナは動じない。無言で体に当たる石礫を観察しているだけだ。

彼女を覆う靄はそれらをすべて弾き、白い肌には傷一つつかなかった。

流れ弾のような石がリリアーヌにも飛んだが、同じく靄に弾かれた。

これが、部屋に入る前にレイナが使った《白闘衣》の効果だろう。

「《神格法三式・しゃくじ》」

獣の体が傾いた。リリアーヌにはどんな攻撃か分からなかったが、六本の足のうちの一本が折れ曲がっていた。千切《ちぎ》れかけている。

獣の瞳に焦《あせ》りが浮かんだ。

動く足を使ってなんとか跳躍しようと体勢を立て直す。と、連続して衝突音が聞こえた。

「ようやく捕まえた。たしかにこれは兵には荷が重いわね」

レイナが安堵の息を漏らし、リリアーヌが驚愕《きょうがく》の表情を浮かべた。

獣の足のすべてが一瞬のうちに使い物にならなくなっていた。

「三式は速度重視だから」

レイナは両手を組み合わせた。

「本当はもっと調べたかったけど、自爆されると敵《かな》わないし……《神格法五式・みづち》」

重量のある物体が空から降ってきたような音が響いた。

獣が見えない何かに押しつぶされ、平たい塊へと姿を変えた。

そして、光の粒子へと変わり、淡い輝きの中にドロップアイテムが残された。

レイナは、「ふう」と短く息を吐いて近づいた。それはリリアーヌも知るアイテムだった。

「魔法銃……ですか？」

リリアーヌの問いにレイナが頷いた。

探るような目つきで銃口を覗き込み、ひっくり返して取っ手を小突く。

何が気になるのだろう、と思ってリリアーヌは首を傾げた。

「珍しい魔法銃なのですか？」

「いいえ、普通の魔法銃よ。ギルドでも売ってる普通の武器。でも、だからおかしいの」

「……どういうことですか？」

レイナが魔法銃を手に持ち、リリアーヌに向けた。

「この魔法銃のトリガーを引くとどうなると思う？」

「込めた魔法が出る、ですか？」

「そうよ。リリアーヌは不思議に思わない？　魔法を武器に閉じ込める技術なんて、どこの国にもなかったはずなのよ」

「え？」

レイナは自分でも再確認するように続ける。

「確かに魔石のエネルギーを使う道具はあるわ。ランプもそうだし、調理器具もそう。魔法を強化する道具もある。でもね……魔法銃は根本的に違うのよ。誰かが唱えた魔法をどうやって閉じ込めて維持しているの？　同じような武器がある？　そんな不思議な武器を新種の『赤鋼の獣』が、どうして落とすと思う？」

レイナは魔法銃を様々な角度から眺める。

大きい銃口は、吸い込まれるように黒い。

リリアーヌは記憶にある武器や道具を次々と思い浮かべた。だが、レイナの問いに対する答えは浮かばなかった。

第六話　ギルドの依頼

「ご主人様も、字はあまり得意ではなかったのですか？　私はてっきり……」

「読む方はまったく問題ないんだがな。書けと言われると名前と簡単な単語くらいしか書けん。だから授業中は知ってる文字で書いた方が早いんだ」

サナトは苦笑する。

未だに文字が読める原理は分かっていない。異世界に飛ばされ、何とか街にたどり着いた時には気にしたことはなかった。

だが、読み書きが求められる仕事に就こうとして気づいたのだ。

読む場合は、公用語と呼ばれる文字の上に自分が知る文字がフリガナのように表示される。

では、書く場合はどうなるのか。

手が勝手に変換することはなく、書いた文字がそのまま紙に現れる。当然ながら、この文字は誰も読めない代物《しろもの》だった。

「得意ではないですけど、書く方は頑張って私が覚えます」

「ん？　いや、俺も覚えるつもりだぞ。本来は初等部で教わる内容らしいから、どうやって覚えるかは悩みどころだが」

「……ご主人様は、もう別の文字をマスターしておられます」

「それはそうだが、公用語が書けた方が便利だろ？　リリス？　何をむくれてるんだ？」

「別にむくれておりません」

サナトはリリスの横顔を窺った。どことなく残念そうで、拗《す》ねたような雰囲気が漂っている。

理由に思い当たったサナトは、やれやれと笑いながら言った。

「それなら、二人で競争ということになるな。ただ、言葉を覚えるのは難しい……もしリリスが俺より早く公用語をマスターしたら、頑張ったご褒美《ほうび》でも用意しようか」

軽い気持ちだった。勉強を頑張るリリスを応援するつもりの言葉だった。

しかし、勢いよく振り向いたリリスの瞳は大きく見開かれていた。サナトが思わずたじたじになるほどの勢いで詰め寄り、「本当ですか？」と口にした。

サナトが気圧《けお》されながらも首を縦に振ると、リリスがくるりと背を向ける。

見えない位置で、「やった」と拳を握り締めた。

「リリス、そんなに欲しいものがあるなら言ってくれよ。別にご褒美じゃなくても買うぞ？　高いものか？」

「い、いえ……それよりも、そのご褒美というのは形のある物でなければダメでしょうか？」

「いや……そんなことはないが……」

「ありがとうございます！　ご主人様のためにも、全力で頑張ります！」

「お、おう」

リリスは満面の笑みを浮かべて歩き出した。

長い薄紫色の髪と白いスカートの裾が、ふわりふわりと踊るように揺れていた。

＊＊＊

二人はギルドの建物内に足を踏み入れた。

話が通っているのだろう。

二人のギルド員が立ち上がり、一人は奥に消え、もう一人――エティル――がぱたぱたとカウンターを回って駆けてきた。

「サナトさん、お久しぶりです！　学園の制服って新鮮ですね。とっても似合ってます」

「俺としては違和感しかないが、そう言ってもらえると救われるよ。で、今日の用事は？　新しい依頼か？」

「今日はギルマスからの依頼です。まあ、立ち話も何ですから、奥へどうぞ」

エティルは別の同僚に、「あと、ごめんね」と仕事を頼み、奥へと続く廊下に二人を案内した。

ギルドマスターのダレースは、応接椅子に掛けたサナトを前にし、白髪頭を下げて謝罪した。神妙な顔のエティルも続いた。

要約すれば、試してすまなかったという内容だった。

嘘ではないものの、ギルドにとっては行方不明者の捜索という無為《むい》に近い依頼でサナトの力を測ろうとし、結果的に帝国と対峙《たいじ》するという危険が生じたことを詫《わ》びたのだ。

サナトはこれに対し、特段非難しなかった。

身の危険という意味ではエティルや暗部の方がよほど危なかったうえ、場に留まろうと決めたのはサナトだ。むしろ力を見せつける良い機会だとすら考えていた。

「そう言ってもらえると助かります。それと……フェイト家の件についてもお詫びと御礼を申し上げたい」

疑問を顔に浮かべたサナトに対し、ダレースは滔々《とうとう》と語った。

詫びとは、サナトの返事を待たずに、フェイト家の要請を受諾する形で訪問を強要したこと。本来であれば、ギルド経由で橋渡しを頼まれた以上、ギルドから断るべきだったと。

そして、礼とはフェイト家の家名襲名を断り、ギルドに籍を残したことについてだ。

特にこの点について、ダレースは深く感謝していると告げた。

「名家とギルドの力関係は何となく理解しています。それに、どちらも私が選択した結果です。謝罪も感謝もしていただく必要はありません」

「それでも、です。はっきり言えば、名家に勧誘されて引き抜かれた冒険者がギルドに残ることはありません。そして、引き抜かれる冒険者は大抵がギルドでも指折りの強さを持つ者なんです」

ダレースは大きくため息をついた。

「色々とギルドも大変な状態なんですね」

「ギルドとは根無し草の集まり。国や名家の干渉とは無縁のはずだったのですが、ここ数年は特にひどくなっています」

「ひどくなっている？」

「まだまだ知られていませんが、異様に強い『赤鋼の獣』と呼ばれる神出鬼没のモンスターが国内を荒らしまわっているということと……今日依頼したい内容にも絡みますが、周辺国がきな臭い動きを見せているんですよ。国と名家はそれに対応しようと戦力を集めていましてね。中立のギルドも例外ではないということです」

ダレースは疲れた顔で書類を机に差し出した。

ディーランド王国を中心に据えた俯瞰図《ふかんず》が描かれ、至る所にチェックとバツ印が書き込まれている。

サナトとリリスが覗き込み、ダレースが一か所を指差した。

「バツ印が『赤鋼の獣』との遭遇場所です。パーティが全滅してしまって行方が追えてない個体もいるのですが、こちらは依頼に関係ないので今日はおいておきます。問題はチェックした方です」

「帝国との国境ですか？」

ダレースが重々しく頷いた。

「冒険者や様々な筋から、帝国の小隊を見かけたという情報があった場所です。どう思われますか？」

「完全に王国の領土内ですね。示威《じい》行動でもしている？」

「まだ何とも言えませんが、この数年はなかった動きです。国境をこれだけ頻繁に越えて偶然であるとは考えにくい……帝国上層部は何を考えているのか……」

言い淀《よど》んだダレースが瞳を細め、サナトをじっと見つめた。

何かを言わんとする視線に、サナトが軽く肩をすくめた。

「……つまり帝国の調査をすると？　それが依頼なんですね？」

ダレースが紺碧《こんぺき》の瞳を細めた。

それを横目にエティルが慌てて身を乗り出す。

「もちろん危険は承知です！　不可能なら断ってください。こんな危険な仕事……」

「既に先行した隊が連絡を絶っています。危険な仕事とは重々承知ですが、サナト殿の力量ならば不可能ではないと考えています」

平然と言い放ったダレースに、エティルが非難めいた瞳を向けた。

しかしダレースは微塵《みじん》も揺るがない。

じっとサナトの顔を見つめている。

「……結果がどうなるかは分かりませんが」

「引き受けてくださるのですか？」

ダレースが思わず身を乗り出し、エティルが唖然《あぜん》と口を開けた。

そしてサナトは意味深長な微笑を浮かべて言った。

「引き受けるというより、帝国の調査については現在進行中なんですよ。個人的に始めたことですが、役立つなら何よりです」

「ご主人様、まさかこうなることを読んでいらしたのですか？」

背後で感心した声を上げたリリスにサナトは苦笑いして見せた。

「まさか。こんな依頼がギルドから舞い込むとはさすがに予想できない。それに、こうなることが分かっていたら、もう少し手段を考えていた。あれは荒っぽいからな」

サナトは紅茶のカップを口に運び、窓の外に視線を向けた。

エティルが首を傾げ、「どういうことですか」と尋ねた。

「帝国には、つい先日貴重な戦力を一人送ったところなんですよ」

「……貴重な戦力？」

「エティルは知っているだろ？　あの白髪の少年だ」

エティルが凍り付いたように動きを止めた。みるみる顔から血の気が引き、手に持っていたカップを取り落としそうになった。

ダレースが「少年？」と小さく口にした。

そして、すぐに思い当たったのか、表情が抜け落ちた。

第七話　来訪

ラードス帝国のメインストリートと呼ばれるラムダ通り。

行きかう人は数多い。

だが、貧富の差はディーランド王国よりも大きいことが分かる。

品揃いの良い店の隣の通路には、空腹にあえぐ子供が倒れており、通りの中央では鉄くずのようなものを買って欲しいと痩《や》せこけた裸足の少女がか細い声を上げている。

年老いた老婆は店の壁に腰かけ、何をするでもなく目を閉じ、豪奢な乗り物に乗った貴人はそれらに目もくれずに通り過ぎていく。

富める者はさらに富み、力のない者はただ下を向いて歩く。

これがラードス帝国の現状だ。


——昼間から酒かよ、おっさん。

——お母さん、買い物行ってきたよ。

——今日は剣の特売日！　魔法を使わず、武器をお求めに！

——あれ、噂《うわさ》の召喚士様じゃない？

——もう来るな。俺は抜けるって言っただろ。


レンガ造りの建物の屋根の上で、腰を下ろしていたあどけない顔つきの少年が薄目を開けた。

不気味な金色の瞳を中空に向け、にんまりと口元を歪《ゆが》めた。

「やっと、見つけた。この声だ」

グレモリーの口調にわずかに疲れが滲《にじ》んだ。異常な聴覚を駆使した調査は、すでに数日が経過し、辟易《へきえき》していたところだ。

サナトの命令を受け、名誉挽回のチャンスだと勇んだのは良かったものの、探し人はなかなか見つからなかった。

一人で大丈夫か、と憂慮《ゆうりょ》したサナトに有無《うむ》を言わせることなく、「お任せを」と答えてしまった以上、失敗は許されない。

「ほんとアミーを連れて来なくて良かった……あいつがいたら計画が無茶苦茶だったに違いない」

グレモリーは、探し人が見つからないことに苛立《いらだ》ち、建物を破壊しはじめる悪魔の姿を思い浮かべて苦笑いする。

大量に始末した人間の中に、一人生き残りがいた。

いや、あえて生かしたと言って良い。

帝国兵ではない山賊の男だ。運よく逃れられたと思っているだろうが、サナトの強さを広めるためのメッセンジャーの役割を担わせるために逃がしたに過ぎない。

もう十分に役目は終えた頃だろう。

なんとか逃げ切った、と考えている人間に、ふさわしい最期《さいご》を与えよう。

グレモリーは舌なめずりをし、静かに呪文を唱えて、黒い渦の中に消えた。

＊＊＊

山賊の頭領カントダルは、人目をはばかるように部下の男を追い払う演技をした。

何度頭領を辞めると言っても、部下達は翻意《ほんい》を期待して、カントダルの隠れ家に足を運んでくる。

辞めても部下に慕われる頭領という、羨ましい光景。

そういう筋書きだ。

カントダルも、「しゃあねえな」と早いうちに偉そうに出ていきたいと思う。

だが、まだ早い。

陽の当たる世界に足を踏み出すのは作戦を練ってからだ。

「化け物どもめ……」

カントダルの脳裏にあの時の光景がはっきりと蘇《よみがえ》った。忘れるはずがない。

子供のような二人が、精強と評判の帝国騎馬隊を惨殺したのだ。まるで小枝でも折るように曲がって千切れていく兵達が記憶から消えない。

そして、その二人を顎で使っていた黒髪の魔法使い。

あいつも、あの男と同じ人種に違いない。

カントダルは隠れ家としている街はずれの小屋の中で、肩を落とした。

テーブル代わりの切り株の上に載せた酒瓶が、薄暗い室内でにぶい光を反射させている。

「いつまでこうしてりゃいいんだ」

カントダルは忌々《いまいま》しげに言う。

自堕落《じだらく》な生活は自分の望むところだ。部下に命令し、昼間から酒をあおり、適当に店から奪い、眠たけりゃ寝る。理想的だ。

しかし、訪れるかも分からないタイミングを窺う生活には辟易していた。

＊＊＊

少し前のことだ。

「お前の略奪は目に余るが、私の依頼を受けるなら見逃してやろう」

ずかずかと隠れ家に踏み込んできた頬のこけた優男と、奇妙な衣服に身を包んだ深緑の髪の男が、カントダルを見下ろして言った。

カントダルはすぐにその正体に気づいた。

「帝国の召喚隊長さまじゃねえですか。後ろは護衛ですかい？　こんなむさくるしい場所に何用ですか？」

「後ろの男は私の悪魔だ。依頼を受けるのか受けないのか？」

「あくま？　はあ？」

「もう一度だけ聞くぞ。私の依頼を受けるのか受けないのか――この場で選べ」

カントダルはそのあとの記憶がほとんどない。

深緑の髪の男が放つ恐ろしいほどの圧迫感と、冷酷な瞳を前にして、直感的に首を縦に振るしかないと悟ったことだけは覚えている。

依頼内容は、騎馬隊に協力して王国領土のデポン山の案内をすることと雑事をこなすこと。

なぜ召喚隊が騎馬隊の依頼に口を出すのか疑問に思ったが、軍にとっての問題である領土侵犯は、山賊には関係がない。

もし王国に捕まっても、自分は軍に脅《おど》されたと泣き喚《わめ》けば逃れられるだろう。

大した依頼ではない割に、報酬も良かった。だが、結果はどうだ。

とんでもない化け物と顔を合わせるはめになったうえ、危うく死にかけた。

カントダルは帝国に帰還してすぐ、騎馬隊大隊長のグランに騎馬隊が壊滅した事実を告げ、その後、怒り心頭に発して召喚隊長に会いに行った。

危険があることを黙ってやがったのか、と非難し、報酬を吊り上げるつもりだった。

しかし、「あなたのような人に知り合いはいないそうです」と言う警備兵の冷たい一言に打ちのめされた。

カントダルは、召喚隊長が最初から自分を使い捨てるつもりだったことに、ようやく気付いた。

「――くそっ、はした金の前金で働かせやがって。なんとかあの優男に一泡吹かせてやらねえと気が済まねえ。けど、あの護衛は危険だ」

カントダルは酒をあおって腕組みをし、深緑の髪の男を思い出した。

どう見ても立ち姿は隙だらけだった。けれど、自分が戦うイメージが湧き上がらない。どこから切りかかるのか、どんな攻撃をしかけるのか。いくら考えても答えはでない。

「悪魔ってのは嘘じゃねえのかもな。いるとすりゃ、あんな感じか……」

カントダルは、経験的に、戦う自分がイメージできない場合は敵の方が強いことを知っている。

召喚隊長を襲うなら、深緑の髪の男がいない時と決めている。

再び酒をあおった。残りわずかな琥珀《こはく》色の酒が瓶底で揺れていた。

召喚隊長は、事が済めば自分を始末するところまで考えていただろうか。

もし書面で依頼していた場合は、カントダルがそれを証拠に訴えれば、召喚隊長は無視できない。

しかし、今回は口頭だ。訴えるための物証がなければ、召喚隊長はだんまりを決め込むだけだ。

帝国を掌握する軍での信頼度も、天と地ほど差がある。

殺しまでは想定していなかっただろうとぼんやり天井を見上げる。

「訴えるような真似をすれば……確実に俺を始末しに来るだろうが、歯向かう態度を見せなければあいつは無視するだけでいい。リスクをとって無駄な殺しを部下に命令しなくてもいい」

カントダルは皮肉に口端を歪めた。

背中に身に着けた短剣をゆっくり抜き放ち、角度を変えて、刀身に映った自分の顔を見つめる。

歪んだ表情には苛立たしさが浮かんでいた。

「けどなあ、それじゃあ山賊の頭領って立ち位置は守れねえのよ。はめられたら報復ってやつが常識だぁ。お強い軍だからって関係ねえ。寝首掻いてやる。そんで、俺は牙を失った山賊の演技を終えて帝国からおさらばだ」

カントダルはふぅっと細い息を吐いた。

「だが、移動先は王国以外にしねえとなぁ。あの化け物どもに目をつけられたら、生きた心地がしねえよ」

カントダルはぶるりと背筋を震わせた。

苦笑いしようとした表情が、凄惨《せいさん》な光景を思い出して引きつったものへと変わった。

二度と会いたくない少年と少女。闇討ちでもどうにもできないという直感があった。

言葉にできない恐怖がじわりと広がっていく。それは砂に水がしみ込んでいくように瞬く間に消えたものの、後から後から得体の知れない何かが這い寄ってくる。

何をこんなに恐れているんだ。

カントダルは、一つの事実に気づいて「あっ」と口を開けた。

「そうか……俺はあの目を怖がってるのか……」

深緑の髪の男、白髪の少年と少女。三人ともが金色の瞳を持っていた。

善人も悪人も、カントダルは数多く見てきた。殺しに手を染める機会は多くなかったが、何かを奪い取った経験は多い。

顔を歪めて悔し紛れに唾をとばす者もいれば、泣き喚くだけで何も抵抗できない者もいた。

だが、あの三人は今まで見た人種とは根本的に違う気がした。

一言で言えば、全く他人に興味がない。

不気味に嗤っていても、その表情の奥底には無感動と無関心が潜んでいる。人間にあるべき当たり前の感情がすっぽり抜け落ちているのだ。

それはまるで、人間が家畜を殺すときに似ているようで——

深く考え込んでいたカントダルは、おもむろに顔を上げた。

扉を誰かがノックする音がした。断続的に二回。

——誰だ？　また部下か？　一日に二度も来るのは初めてだな。

しばらく間を空けて、もう二回ノック音が響いた。

カントダルは重い腰をあげた。一本飲み干した酒のせいか、足下がわずかにおぼつかなかった。

「ちっ」

頼りなく揺れる己の足と、膜がかかったように聞こえる耳の状態に、カントダルは舌打ちした。

慣れた酒なのに、この程度で酔うとは。ペースが速かったか。

重い足取りで、玄関に近づいた。

「あっ？」

カントダルは訝しく思って目を細めた。

ノックされている位置が低すぎるのだ。ちょうど、扉の取っ手のあたり。

部下がわざとやっている？　まるで子供が叩いているような――

まさか。カントダルは目を見開いた。

雷に打たれたように、不吉な予感が全身を走り抜けた。耳が途端に明瞭な音を拾い、眠っていた五感が否応なくたたき起こされる。

「良かった。いるみたいだね」

突如、動きを見透かしたような、楽しそうな少年の声が向こう側から聞こえた。声に心当たりはない。

しかし、罠《わな》にかかったことを心の底から喜び、舌なめずりをするような子供は何人も知らない。

カントダルの足が、独りでに後ずさった。

「あっ、待って、待って。逃げないで。すぐに開けるから」

気配を感じたのだろう。向こう側に立つ少年が喜悦《きえつ》に満ちた声を出した。

同時に、目の前の薄板がめりめりと嫌な音を立て始めた。

内側のかんぬきが悲鳴を上げ、扉板がたわむ。

カントダルは全身を包み込むような強大な気配に、為《な》す術《すべ》なく立ち尽くした。

「な……ぜ……」

とうとうかんぬきがひしゃげて吹き飛んだ。カントダルの腕に当たり床に落ちた。小さな痛みが走った。

扉が破砕音と共に押し開けられ、蝶番《ちょうつがい》が悲しげにキイキイ泣いた。

街はずれの森の匂いが、室内の空気を浸食するように広がった。

しかし、カントダルはそのすべてに気づかなかった。

彼を見つめる金色の瞳に、射すくめられて動けなかったからだ。

第八話　逃れられない

「ようやく会えた。こんにちは」

「お……まえ……」

カントダルは後ずさった。上半身は逃げようとするのに、下半身は動かないという不思議な状態だ。

仕立ての良い服を着た白髪の少年が、両手を体の前で揃えて頭を下げた。

――挨拶ってこうするんでしょ？

そう言わんばかりの、お辞儀の動きを真似ただけの動作だ。少年にとってなんら意味のない行動だろう。

「……何しにきやがった」

精一杯の虚勢を張り、荒い息を無理やり押さえつけて言った。本能は頭をこすりつけてでも下手に出るべきだと判断したが、少年の正体が悪魔なら何の意味もない。

少年は嘲笑《あざわら》うように見つめると、軽く肩をすくめた。

「賢明な人間は考える。愚かな人間は人に確認する。少しも考えなかったおじさんは愚者の仲間入りだね。他に聞くことないの？　どうやって居場所が分かったのか、とか」

少年は微笑みを浮かべて、一歩近づいた。

「せめて僕が来た理由くらいは分かるんじゃない？」

「……俺を殺しに来たのか」

「それだけ？　殺すだけならあの時にできたよ」

カントダルは、足下の石を拾い上げるような気楽さを漂わせる少年の言葉が、嘘ではないと理解した。確かに少年がその気になれば、容易《たやす》いはず。

では、なぜ生かした？

なぜこのタイミングで？

まさか召喚隊長とグルか？

いや、俺をあの黒髪の魔法使いの下に引き込もうとしている？

思考が泡沫《ほうまつ》のように湧いて消えた。

「やれやれ。おじさんと話をすると長くなりそうだね。僕が聞きたいのは一つだけ。『あいつと同じ悪魔か』って言葉を吐いた理由。もしかして悪魔を知ってるの？」

カントダルは唾を呑んだ。

少年が言った言葉には心当たりがあった。無慈悲な殺戮《さつりく》現場を何度も振り返りながら逃げたカントダルは、確かに逃げ切る寸前に言った。

頭に浮かんでいたのは深緑の髪の男の姿だ。

確信をもって言ったわけではない。ただ、自分の直感があの時、そう告げたのだ。

少年の瞳がさらに輝き始めた。

「余計な期待はしないことだよ。さあ、答えは？　知ってるの？　知らないの？」

ひそかに舌打ちする。

まるで召喚隊長を相手にしているようだ。高圧的で傲慢《ごうまん》な、唾を吐きかけたい男にそっくりだ。

怯《おび》えていた感情の奥底で、怒りの炎がめらめらと音を立てて燃え上がった。

強い悪魔だろうが、逃げるだけなら俺の方が上手なんだよ。

カントダルは気づかれないように慎重に憎悪を身に宿した。

「知ってる……知ってるぞ。悪魔を連れてる男のことは……よく知ってるやつだ」

「うんうん。それでいいよ。ようやく話が進みそうだ。で、男はどんなやつ？」

「それはな……そうだ、手紙がある。そいつからもらった手紙だ。確か名前が書いてあったはず」

「なんだ、よく知ってるのに名前も覚えてないの？　頭弱いなあ」

「そ、そうなんだよ。俺は物覚えが良くねえからな……へへ」

カントダルは愛想笑いを浮かべて、くるりと身を翻《ひるがえ》した。

「確か、手紙はあっちの部屋だ」

そう言いながら、素早く奥の壁を右に曲がると、少年から見えない位置に身を置いた。そして、天井からぶら下がった紐を引いた。

すると、木製の床板がくるりと回転し、体が浮遊感に包まれた。

カントダルは、にやりと笑みを浮かべた。

隠れ家が襲われた際の地下に逃げる隠し扉だ。

しかも、床板が反転したと同時に、部屋に大量の痺《しび》れ粉を散布する。魔力も道具も使わない、純粋なからくり仕掛けはカントダルのお手製だ。

何度もピンチを逃げ延びた切り札でもあった。

カントダルはカビ臭い地下道に着地し、手早くボックスから目当てのアイテムを取り出すと、首にかけて走り出した。

真っ暗な視界が明瞭になる。夜目を強化するアイテムの効果だ。

この先は三方に分かれている。たとえ痺れ粉に耐えたとしても、回転床が見つけられない。

さらに真っ暗闇の地下道では目が慣れるまでは簡単に追跡できない。足下も不安定で罠もある。

しかも、通路はわずかに深く掘ってある。風向きは逆で、鼻でも追跡できない。

「くくっ」

予定外に帝国を離れることになるが、カントダルはある程度満足していた。

召喚隊長も、少年も、自分の敵には違いない。その敵に一泡吹かせてやったのだ。

仲間は落ち着いたころに探せばいい。自分の力があればいくらでも使い捨ての駒は集められる。

生き延びることが最優先。いずれ殺す機会がやってくる。

――カントダルはそう信じていた。

「ん？」

夜目が利かなくなった。首にかけたアイテムに触れようとしたが、なくなっている。手探りで足下を探したものの見つからない。

紐が切れたか？　こんな時に。

カントダルは舌打ちをしたものの、視界を失った事態に変わりはない。むき出しの土壁に手を当て、耳を当てた。

大丈夫だ。音は聞こえない。

少年は痺れ粉で動けないのか、それとも反転する床板を見破れずに右往左往しているのか。

「まあ、追ってこない保証はねえ。急がねえと」

カントダルは両手で顔を叩いて気を取り直した。

その時だ。

細い地下道の奥に薄明かりが見えた。カントダルはびくりと体を強張らせた。

そんな馬鹿な。そんな馬鹿な。

自分が進んでいた道の進行先になぜあいつが——

人影がカントダルに手を伸ばすように伸びた。

「ひぃぃっ！」

わずかに燃え続けていた怒りの炎が鎮火した。

暗闇と静けさ。そこに加わる絶望的な時間。

カントダルは抗《あらが》いがたい恐怖に身を縮こまらせた。

「頭領？」

頭を抱えてうずくまったカントダルの耳に、よく知った男の声が届いた。恐る恐る顔を上げると、頼もしい部下の一人がカントダルを覗き込んでいた。最近目をかけていた男だ。

「こんなとこでどうしたんすか？」

「……お、お前こそ……なんでこんなとこに」

部下は照れたように頭を掻いた。

「いや……だって頭領が、勝手にこの街を離れたら嫌だなって思って。みんなで交代で抜け道の先の番をしてたんすよ」

「そ……そうだったのか……」

カントダルはふぅっと熱い息を吐いた。

緊張と安堵をない交ぜにして、すべて吐き出したような感覚だった。

気を抜けば今にも倒れこみそうだった。

「まさかとは思ったが……そんなはずねえな。おっ、そうだ、こうしちゃいられねえ。厄介なやつが追ってくるかもしれねえんだ。とにかく出口に急ぐぞ」

「はい、頭領。こっちです」

部下は微笑んで踵《きびす》を返した。

カントダルは部下に感心した。目をかけていたのは間違いではなかった。

まさかこんなところで救われるとは。ここから出たら自分の右腕に据えてもいいと、心の底から考えた。しかし、部下として完璧すぎる何かに違和感を覚えた。

なぜ、質問をしない？　追っ手がなぜ気にならない。

わずかに刺さった棘のような疑心は、一気に無視できないしこりに成長した。

そう言えば、男は腕が立つといっても新入りに近い。この秘密の地下道のことまで話しただろうか。

勝手に逃げないように見張っていたはず。なのに、なぜ逃げる俺を責めない？

次から次へと湧き上がる疑問が、とうとうカントダルの足を止めた。

そして、詰問しようとして悲鳴を上げた。

部下が、「どうしました？」と灯《あか》りを向けた。

――手が燃えていた。拳が、真っ赤に炎を放っている。

カントダルは愕然《がくぜん》と顔を歪めた。空気の薄い地下道で火を使う部下はいないはず。

あえて使っている？

なぜ？　なぜ？　なぜ？

カントダルは自問を繰り返した。

部下が体ごと振り返った。

頼もしさを感じていた表情には、たっぷりと軽薄さが浮かんでいた。嘲笑うような三日月形の瞳と、満足げに曲がる口端。

「まさか……」

カントダルは泣き笑いの顔で、考え得る最悪の可能性を思い浮かべた。

「悪魔は、姿を変えられるのか……」

「せいかーい」

カントダルは視線を落とした。

部下だった男がみるみる形を変えた。それはカントダルにとっての厄災、白髪の少年だった。

「どうやって……この細い通路で……」

「時間を止めて先回りしただけだよ。あんなちゃちな仕掛けで足止めなんて、できるはずがないでしょ」

「時間を……」

言葉の意味は理解できなかった。だが、どうにもならないことはよく分かった。

カントダルは、囁くようにつぶやいた。

「頼む……見逃してくれ……」

「だーめ」

少年は屈託のない笑顔で言った。無味乾燥の形だけの笑顔だった。

カントダルはようやく実感した。目の前の少年は、人間の皮をかぶった悪魔だと。

「でも、楽しませてくれたから、お礼に――」

「うわぁぁぁぁっ！」

腰に佩《は》いた短剣を抜いた。少年の薄い腹部に向けて、全力で突き出した。

と同時に、自分の右腕が――落ちた。

あの時の光景と同じだ。兵の誰もが、宙を舞いながらバラバラになった。

喉に灼熱の棒を突っ込まれたような熱さを感じた。視界が反転した。

死んだな。

カントダルは、ゆっくりと前のめりに倒れた自分の体を空中から見つめながら、悪魔と出会った悲運に唾を吐きかけた。

第九話　復活の輝石

「さて、お仕事、お仕事」

闇の中で、グレモリーはおどけた表情でつぶやき膝《ひざ》を折った。首と右腕が切り離された胴体の背中に手を当て、ごくりと唾を呑んだ。

「どれくらい雑味が混じったかな」

表情を綻ばせて手を伸ばす。

白く細い指先がわずかに変色した。あっという間に黒色が手の甲を走り抜け、ひどく節くれだった手に変わった。

いびつにひしゃげた枝という表現が近いだろうか。愛おしいものを包み込むように、不揃いな長さの指を握りこんだ。

すると、カントダルの体の上に、白く濁《にご》った短剣が浮かんだ。今にも溶けてなくなりそうなそれは、不規則に形を歪めては戻している。

いい濁り具合だ。グレモリーが好きなのは、感情がぐちゃぐちゃになった瞬間の魂だ。

死ぬまで目標に向かって邁進した人間や、復讐を誓ってすべてを捨ててきた人間も悪くないが、それらの魂は透き通りすぎている。正負の違いはあれど、願いが純粋すぎるのだ。

その点、カントダルはそういった人生とは程遠かった。さらに最後に強い怒りを覚え、恐怖の中で味方がやってくるという一縷《いちる》の希望を体験し、そして絶望して諦《あきら》めた。

「食べごろだ。今回は独り占めと」

グレモリーは短剣を象《かたど》った魂を無造作につかんだ。ぶるりと震えて波打ったそれは、わずかに抵抗したように見えた。

だが、グレモリーは気にしない。

待ちきれないとばかりに、赤い口唇を大きく開き、短剣形の魂を喉の奥に差し込んだ。

地下通路に異様な嚥下《えんげ》音が響いた。

「いい味。これだから、こっちの世界への干渉は辞められないね」

グレモリーは腹をさすってくつくつと笑った。

カントダルの体が光の粉となってさらさらと崩れ始めた。

通路が薄い光に照らされ、むき出しの土壁が露わになった。

一つのアイテムが残された。

グレモリーはめんどくさそうに手を伸ばし、無造作にポケットに押し込んだ。

「復活の輝石ってやつも因果なアイテムだな。人間は便利なアイテムは何でも使うから」

ポケットの中で輝石をもてあそびながら、グレモリーは皮肉に笑った。

悪魔に魂を奪われた人間のおかげで、自分達が蘇ることができるとは夢にも思っていないだろう。

「まあ、僕らの役に立つなら何でもいいけどさ。さてと肝心の記憶は……魂の状態だと三分の一くらいは……おっ、残ってる残ってる」

グレモリーは目を閉じ、腕組みをしながら言った。

嬉しそうに口角を上げてから、推考するように閉じた瞼に力を込めた。

「召喚隊長ハイゼンと……謎の男……こいつが悪魔だね。うわあ……見た目がもう下級って感じじゃないか。って、残ってるのこれだけかよ。全然、知らされてないじゃん。結局捨て駒か」

ぱちりと目を開けたグレモリーは顔を歪めて唸った。

期待はしていなかったが、得られた情報はごくわずかだ。

しばらく考え込み、まあいいかと思い直した。殺さずに聞き出したとしてもさほど変わらなかっただろう。

サナトの命令は「悪魔がいるかもしれない国を調べられるだけ調べる」ことだ。どちらにしろ、ある程度は踏み込んで調査しなければならない。

「でも、相手が上位悪魔なら警戒はしていかないと。……面白くなってきた」

グレモリーは壊れたように嗤う。

相手の悪魔はどのクラスか。まさか、バールと同じ第一級ではないはず。

帝国に居ついている数は？　調べ方は何が最適か？

子供の姿で調べ回る案もあったが、統制のとれた人間の群れに飛び込むには、いささか目立ちすぎる。

グレモリーは再び姿を変えた。ぐにゃりと顔が歪み、身長がみるみる伸びていく。

「まずは、懐に入らせてもらおうかな」

そう言って変身を終えたグレモリーは、低い笑い声を上げて闇に姿を消した。

第十話　場をわきまえて

ティンバー学園は、ちょうど昼下がりの時間だ。

サナトとリリスは連れだって食堂で食事をとっている。

牛のすね肉をじっくり煮込んで作ったコンソメに、大きめの玉ねぎとジャガイモをたっぷりと入れたスープとフォカッチャが今日のメニューだ。

手間暇かけた料理に舌鼓を打つ。体が瞬く間に温かみを帯びた。

料理人は誰だろう。サナトが、そんなことを考えた時だ。

「あつっ――」

「……大丈夫か？」

スープを口に運んだリリスが、あわててスプーンを唇から離した。注ぎたてのスープを冷まさなかったらしい。

心配そうに眉根を寄せたサナトに気づき、リリスの頬がほんのり染まる。離れた場所で食事をしていた生徒達も、何事かと瞳を向けている。

「お、大きな声で……すみません」

「よほど、熱かったんだな」

サナトが微笑を浮かべる。

しおしおと体を小さくしたリリスに、不思議そうに尋ねた。

「その様子だと、スープは食べなれてないのか？」

「……そんなことはないのですが、スープは冷たいものだと」

リリスが決まり悪そうに両手を両膝の上に並べて視線を落とした。ゆっくり顔を上げ、サナトを窺う。

「スープって熱いんですね」

確認するような声色に、サナトは何が言いたいのか理解する。

きっと、スープは冷めた状態で出てくるのが普通だったのだ。

迷宮を制覇したのち、サナトとリリスは王都でゆっくりとギルドの仕事をこなし始めた。食事も何度も一緒に取っている。

しかし、街の酒場でリリスが冒険者達に何度も声をかけられるのを見かねて、サナトができるだけ屋外で、食事をとるようにした経緯がある。

屋外での食事は、もっぱら簡易なもので手早く作れるものに限られる。時間のかかるスープなどは作らない。

「冷たいスープもあるが、普通は温かいな」

「そうなんですね……」

サナトは恥ずかしげに俯くリリスの手を取った。

「ご主人様⁉」

「落ち着け、スープのすくい方のマナーを教えるだけだ」

「は……はい」

サナトが、椅子を寄せた。リリスの右手を自分の右手で包む。

小さい手だ。大きなバルディッシュを振り回せるとは、到底思えない。

スプーンの握り方を少し修正し、「じゃあ、行くぞ」とリリスに告げる。

「スプーンは手前から奥へとゆっくり動かすんだ」

リリスがサナトの横顔を盗み見し、真剣な表情で「はい」とつぶやいた。

「取りすぎないように、余裕を持たせてすくって、音を立てずに飲む」

「はい……」

サナトの手に誘導され、銀色のスプーンが透明のスープをすくった。リリスがそうっと薄い桃色のくちびるに当てて口内に流す。

「こう、でしょうか？」

「そうだ。スープが減ってきたら、手前を少し持ち上げて奥をすくう。あとはそれの繰り返しだ。簡単だろ？　ただ、熱いのはどうしようもないから気をつけてな」

サナトが添えていた手を離した。椅子を離し、にこりと笑う。

リリスが、「ありがとうございます」と頭を下げた。

忘れないうちに、と考えたのだろうか、早速一人でスプーンを動かし、慣れない動きでスープをすくっては口に運ぶ。こくこくとチョーカーを身につけた白い喉元が動く。

「……いい加減にしろよ」

斜め前に座っていた濃い茶髪を逆立てたガリアスが、呆《あき》れ顔で頬杖をついた。

「本当に……やりすぎ」

さらに、椅子を一つあけて座る、黒髪を顎までの長さに切り揃えたリリアーヌが、髪に結んだ黄色い紐を指先でいじりながら言った。視線をあてもなく彷徨わせている。

サナトは二人に肩をすくめてみせた。

「こういうのは、口で言うより、一緒にやった方が早いだろ」

「そういう問題じゃないの。その、なんていうか、場をわきまえてってことで……」

「場をわきまえる？　食事中にスプーンの使い方を教えるのが悪いのか？」

サナトが目を細めて尋ねた。リリアーヌの瞳が泳ぐ。

ガリアスが、「王家も頼りにならねえなあ」と聞こえないようにつぶやき、「要は、食事中に甘々の関係を見せられたら、腹もいっぱいになるってことだ」と苦笑いする。

リリアーヌが、「間違ってはないけど」と消え入りそうな声で言い、両手で顔を覆った。

「なんか、見てて恥ずかしいの……」

「そう言われてもな」サナトが困り顔で答え、「二人が見なければいいだけじゃないのか？」と眉根を寄せた。

「食事中にそんなに近づいたら、何してるのかなって気になるに決まってるでしょ！　しかも目の前で！」

リリアーヌが眉を吊り上げて机を叩いた。

ガリアスが「確かに」と、太い腕を組んで頷く。

まったく会話に入らないリリスが視線をスープに向けたままわずかに身じろぎした。耳先がほんのり赤い。

「まあ、人見知りのリリアーヌが、出会って日の浅いサナトに声を荒らげるくらいには刺激的だってこった。それと……マナーがどうたら言ってたが、俺はスプーンのマナーなんて知らないぞ。そんなのほんとにあるのか？」

ガリアスが腕組みをしたまま隣に首を回した。

リリアーヌが不貞腐《ふてくさ》れたような顔をして言う。

「名家に属するガリアスは知っておくべきだと思うけど、王家には同じマナーがある。でも……どうしてサナトがそれを知ってるの？」

「さあな」

「さあなって……」

ぽかんと口をあけたリリアーヌをしり目に、ガリアスが身を乗り出した。とても小さく見えるスプーンを手に、横から豪快にすくって飲み干した。

「手前から奥だったか？　王家のマナーをなぜ知ってるのかは俺も疑問だが、わざわざ上流しか知らねえようなことを教える必要があるのか？　ましてお嬢ちゃんは付き人だろ」

「上流かどうかは関係ないんだ。ただ、リリスが少しでも自信をもって、胸が張れたらいいなと思ってるだけだ」

「……よく分かんねえな」

ガリアスがどかっと背もたれに体を預けた。スプーンを無造作に放り出し、訝しげな視線を向ける。

「マナーで胸が張れるようになるのか？」

「どうだろうな」

サナトは肩をすくめて答える。

神妙な顔で見つめるリリアーヌが「少し分かるかも」と、視線を自分の手元に落とした。

ガリアスが諦め顔で、「さっぱり分からん」と両手を大仰《おおぎょう》に上げた。そして、その場に近づいてきた二人組のうち、灰色の髪の男に鋭い視線を向けた。

「よう、セナード、お前も一緒に食事か？　珍しく連れも一緒じゃねえか」

セナードが、ふんと鼻を鳴らした。固い表情で、「サナト」と斜め後ろから声をかけた。

「用事か？」

「話がある」

セナードは言葉を短く切った。

サナトがセナードの後ろに立つ人物を見た。ウェーブがかった薄橙色の髪の少女だ。申し訳なさそうな顔で、軽く頭を下げた。

確かリリスの友人だったはず。付き人の教室に入った時に、たどたどしい挨拶をしていた記憶があった。

リリスがサナトの耳に口を寄せ「先日、お話しした、妹のルルカです」と小声で囁いた。

サナトが頷く。

「食堂でする話じゃなさそうだな」

「……教室で待っている」

セナードは固い表情で言うと、ひらりと身を翻した。

ルルカが深々と頭を下げ、リリスに「またね」と手を振った。

第十一話　前哨戦

教室の扉を開けると、約束通りセナードが待っていた。

一番奥の円卓は、いつもの場所だ。

他には誰もいない。ティンバー学園は基本的に昼までの講義ばかりだからだ。

「待たせて悪かったな」

サナトがリリスを伴って室内に進み、椅子を引いた。

リリスが左後ろで待機する。

「本当はこの教室に付き人を入れるのはまずかったんだっけ？」

サナトが大して気にしていない様子で言う。

セナードが神妙に頷き、「本当ならな」と続ける。

「授業後は自由に使用できる。僕もルルカを入れているしな」

セナードが座ったまま、左後ろを親指で指した。

薄橙色の髪の少女が会釈《えしゃく》する。

「けど、ガリアスとリリアーヌは呼んでないぞ」

セナードの切れ長の瞳が不愉快そうに曲がる。離れた場所で当たり前のように席についた野次馬を睨みつけた。

ガリアスがにやっと口角を上げる。

「面白そうな話に首をつっ込まずにどうするんだよ」

「僕は真面目な話をするためにサナトを呼んだんだ。出ていってくれ」

にべもないセナードの言葉に、ガリアスが肩をすくめた。意味深長な笑みを浮かべて言う。

「おいおい、つれないこと言うなよ。話の内容によっては、俺とリリアーヌの助けが必要になるかもしれないぞ」

セナードが鋭く舌打ちする。ぎろりと、もう一人の少女に視線を向けた。

「リリアーヌは？」

「私は、ガリアスに連れてこられたの」

「なら、ここにいる必要はないな」

「いいえ。名家の跡取りが場を変えて話をするようなことは――」

リリアーヌはサナトを横目で窺い、凛とした表情で告げる。

「私も興味がある。それに……聞かれてまずい話でもないんでしょ？　人が集まる食堂でサナトくんに声をかけたくらいだし」

セナードの視線が、やるせなさそうに落ちた。小さな声で、「お前らにはいずれ伝わるだろうがな」

とつぶやく。そしてため息をつき、サナトに向き直った。

「率直に言う。サナト……君の付き人を僕に譲ってくれ」

聞き間違えようのない言葉に、サナトが「は？」と声を漏らした。左後ろでリリスが目を丸くする。

リリアーヌが戸惑いの表情を浮かべ、ガリアスは「なるほどねえ」としたり顔で腕組みをする。

セナードが続ける。

「名家として、待遇は約束する。もしサナトが望むなら、代わりに良い条件の奴隷《どれい》を何人でもつける」

「断る。話にならん」

サナトが苦笑を浮かべて言う。リリスの顔が嬉しそうに緩んだ。

セナードが、不思議そうな顔で「なぜだ」と食い下がった。

「せめて、返事は考えてからじゃないのか？」

「考える以前の問題だ」

サナトが首を左右に振って腕組みする。

セナードが言い淀むように口を開く。

「君は……たぶん強いんだろう。一人でも十分戦えるだけの魔法があることも分かった。ギルドでも有名だと調べて知った。だが魔法使いであることには変わりがない。前衛は多い方がいいはずだ」

「それで、リリスと引き換えに前衛の奴隷を複数受け取れと？　まったく必要ないな。何人が束になろうと、リリス一人に敵わん」

「彼女も……やはり強いのか？」

セナードが探るように言葉を口にし、瞳をぎらりと光らせた。

ルルカが表情を歪ませ、「兄さん、もうその辺で」とか細い声で自制を促した。

しかし、セナードは聞く耳を持たない。

「ますます欲しい。それなら――金はどうだ？　奴隷だろ？　言い値で買い取ろう。名家に引き取られるのは名誉なことだぞ」

ルルカが恥ずかしげに、さっと視線を落とした。

サナトの堪えきれない失笑が漏れた。「俺も似たようなことを言った記憶があるが」と皮肉げに口元を歪め、徐々に笑い声を大きくした。

「セナード、勘違いしているようだから言っておくぞ。俺にとって――名家なんて何の価値もない」

セナードが目に見えて動揺した。

ガリアスがそれを見て微笑を浮かべる。

「だが……名家は……強さも金も――」

サナトが無言でアイテムボックスから大きな布袋を取り出して無造作に放り投げた。円卓の真ん中に重い音を立てて様々な大きさの石が転がった。

リリアーヌがガタンと椅子を跳ね飛ばすように立ち上がった。

「魔石!?」

色とりどりの魔石の山だった。途方もない価値を理解したであろうセナードが、言葉を失う。

ルルカが「すごい」と声を漏らした。

「見ての通り、金にも困っていない。そうなると……あとはリリスの意思確認だけだな。リリス、どうだ？　イース家に引き取られたいか？」

左後ろに視線を送ったサナトに、リリスが「ご冗談を」と首を振った。

それを見て、セナードの顔がさらに歪む。「楽な暮らしができるぞ？」という苦し紛れの言葉に、リリスが作り笑いを浮かべる。

「私はご主人様の側にいられることが一番幸せですので、お断りさせていただきます」

リリスが丁寧に頭を下げる。

「――だそうだ。リリス自身も反対だな。ということで、この話は終わりだ」

「……くっ」

セナードが悔しげに俯いた。

眉を寄せたルルカが、「兄さん、私は大丈夫――」と一歩近づいて肩に手をかけた。

セナードが気色ばんで「触るな」と振り払う。

ガリアスが、大きな体を揺らしてゆっくりと立ち上がった。円卓に近づき、セナードに向けてため息をついた。

「お家の事情ってのがありそうだが、サナトは交換も金も拒否するってよ。これで、欲しいものを手に入れたい名家の学生に残された手段は――」

「うるさい」

セナードの苛立った声を無視し、ガリアスが飄々《ひょうひょう》と告げる。

「権力を振りかざしての、学園を通した一方的な決闘の申し込みだけだな」

「ガリアスさん！　それはっ――」

ルルカが悲痛な声を上げた。

ガリアスが片方の手で制し、セナードを見下ろす。

「その様子だと、本気でやるつもりなんだな。サナトはいい迷惑だと思うがな」

「言われなくても分かってる。だが、もう時間がないんだ。何とかあそこまでは――」

セナードが苦しそうにつぶやいた。

サナトがガリアスに聞く。

「事情はともかく、どうしてもリリスを譲れと？」

「まあ、そういうこった」

「その学園経由の決闘申し込みを俺が拒否すれば？」

「残念だが、名家の申し込みは拒否できない。今回のケースで拒否すれば、憲兵がやってきて強制的に奴隷の名義書き換え……つまり、お嬢ちゃんを奪われるってことだ」

サナトがオーバーに肩をすくめた。「なんだその勝手なルールは？」と眉を八の字に曲げた。

しかし、そこに悲愴感は見られない。やれやれと薄い苦笑いを浮かべるだけだ。

ガリアスが、目を細めて様子を窺いながら、「一応、救済措置として、申し込まれた側は勝負の方法は決めることができる。まあ、セナードがやるつもりなら、カルナリア先生に俺から言っとくぞ」と言い、思い出したように「そうだ」とぐるりと首を回した。

「正式な決闘の前に前哨戦ってのはどうだ？ セナードは、サナトが魔法使いだから接近戦が弱いみたいなことを言ってたが、本当にそうか確認してみろよ。まあ、サナトが受けてもいいって言うのが前提だが」

「リリスが賭けの対象に入らないなら、別に構わんぞ」

サナトが軽く肩を鳴らし、「勝負方法は？」と軽い調子で尋ねる。

セナードとルルカが驚きの表情を浮かべた。特にルルカは「い、いいんですか？」と目を丸くしている。

「勝負方法は単純にアームファイトとしようか。冒険者御用達の勝負だ」

「アームファイト？」

場にいる数人が首を傾げた。

ガリアスが肘《ひじ》を曲げ、太い二の腕の筋肉を盛り上がらせると、「こいつだ」と得意げに白い歯を見せた。

簡単な説明を聞き、要は腕相撲ってことか、と頷いたサナトは、立ち上がって教卓に近づいた。

ガリアスが楽しそうにセナードを手招きし、「さっさとやるぞ」と発破《はっぱ》をかける。

セナードが眉を寄せてサナトに聞く。

「いいのか？　手の内を明かすことになるぞ」

「大げさだ。腕の力だけだろ？　大したことじゃない」

サナトはガリアスの誘導に従い、右肘を教卓について構えた。

セナードが対面で同じく肘をつく。

「それにな、セナード——俺は、ズルをするつもりだ」

「……なに？」

セナードが訝しげに睨む。

「おい、足で蹴ったりは禁止だぞ。俺がズルを見つければサナトの負けだ」

ガリアスの咎《とが》める言葉に、サナトが含み笑いを浮かべて「目に見えるようにはやらないさ」と言う。

リリスが微笑み、リリアーヌとルルカがはらはらした様子で見守る中、「じゃあ始めるぞ」と審判の宣言が響いた。

サナトとセナードが手を合わせた。

「準備はいいか？」

セナードが首を縦に振り、サナトが「ＹＥＳ」と返事をする。

「天に敬意を、酒に感謝を！」

ガリアスが天井を見上げ、開始の口上を述べ、二人は腕に力を込めた。

第十二話　強者のシンボル

セナードはじわりと熱を帯びていく右手の甲を眺めた。

一瞬だった。高いステータスを誇示するつもりで、全力でやった。

ガリアスの合図で、サナトの体ごと持っていく勢いで左側に意識を向けたのだ。

アームファイトなどという野蛮な冒険者が好むお遊びを彼は知らない。しかし、単純な力の差が出ることは分かる。

スキルも魔法も使わず、装備も平等。差があるとすれば、せいぜい力の込め方くらいだろうか。

手の甲がびりびりと打ち震えている。

教卓の天板に衝突した右手は折れたかと思ったほどだ。

「サナト……君は……」

セナードはつぶやくように言った。

本当に魔法使いか？　その言葉を続けようとして呑み込む。確かにサナトが魔法使いだからだ。

桁外れの《ファイヤーボール》も目にしている。

「兄さんが……」

「すごい……」

ルルカとリリアーヌがぽかんと口を開けて同じ顔をしている。

と、ガリアスがセナードを押しのけた。瞳には驚きと畏怖が混じっている。

「俺とも、一戦やろうじゃねえの」

ガリアスが拳を鳴らして、肩を二度回した。有無を言わせるつもりはないらしい。

サナトの倍ほどに太く重たい腕を、腕まくりをして教卓に乗せた。かかってこいと言わんばかりに指先で挑発し、凄みのある視線を向ける。

涼しい顔で肩をすくめたサナトは、お手上げのポーズをとる。けれど、逃げるつもりはないらしい。

体も身長も大きなガリアスの前に、堂々と肘をついた。

「前哨戦のはずじゃなかったのか？」

「そのつもりだったけどな。ズルをしたかもしれねえから、俺も一応確認しとこうかと思ってたな」

「見抜けなかった時点で、ズルじゃないとは思わないのか？」

サナトがにやっと口端を上げた。

ガリアスも応えるように微笑を浮かべる。がっしりした体を揺らして体勢を整える。

「建前は必要だろ？　まあ減るもんじゃねえし、見せてくれよ。俺は、セナードより力は強いぜ」

「それは楽しみだ」

二人が手のひらを合わせ、ガリアスがふうっと細い息を吐いてセナードに視線を向けた。

「合図を頼む。聞いてただろ」

セナードが右手を押さえながら頷いた。

「……天に敬意を、酒に感謝を！」

「おらぁぁっ！」

セナードが言い終えるか否かの時点で、ガリアスが吠《ほ》えた。巨大な猛獣を真っ二つにするような場面で腹の底から出す声だ。

普段、猫をかぶっている冒険者の男の腕は丸太のごとく膨れ上がり、きれいに生え揃った白い歯が、がりっと音を鳴らして噛み締められた。

しかし、すべてを叩き壊さんとする分厚い手が、ぴたりと動きを止めた。

ガリアスの顔が驚きに歪む。唖然とした視線を正面に向けた。

「確かに、セナードよりは強い」

サナトはそれだけ言うと、一戦目と同じ結果を示した。

何かが破裂したかと思うほどの勢いで、ガリアスの手が教卓に倒された。

筋を痛めたのだろうか、ガリアスが肘を押さえてよろめきながら後ろに下がった。

「……マジかよ」

ガリアスが呆れた様子でサナトを見つめる。

「ズルは見抜けなかっただろ？」

「……見くびるなよ。今のはズルじゃねえ。サナト……お前、どれだけ力強いんだ？」

サナトは答えなかった。

手招きで微笑を浮かべるリリスを呼ぶと、「前哨戦は終わりだな」と教室を出ようとする。

そして、気づいたように振り返り、セナードに目を向けた。

「勝負方法は俺が決めて良かったはずだな？」

「……ああ、その通りだ」

「なら、二対二の戦闘にしよう。武器、魔法、スキル、何でもありで構わないが、殺しはなしだ。日時は？」

「僕はいつでも構わない」

セナードが、ルルカを一瞥して頷く。

「じゃあ、さっそく明日の昼からにしようか。リリス、行くぞ」

サナトはそれだけ言うと、振り返ることなく教室をあとにした。

＊＊＊

「方針を少し変えた方がいいかもな」

廊下を歩くサナトが難しい表情でぽつりとつぶやいた。

リリスが隣で首を傾げる。

「と、言いますと？」

「分かりやすい形で力を示した方が、小競り合いに巻き込まれなくて済むってことだ」

サナトは大きくため息をついた。

「セナードが突っかかってきたが、甘く見られればもっとひどい貴族達と絶え間なく諍《いさか》いになるかもしれない。いくらフェイト家の後ろ盾があるとはいえ、俺は他のやつらと違って雑種みたいなものだからな」

「《ファイヤーボール》を放っただけではダメなのでしょうか？」

「あれ一発だけではいずれ警戒は薄れる。何かのスキルのせいだと疑っている生徒もいるだろう。ここは、敵が少なすぎて見せる機会がなさすぎるのが問題だ」

サナトが階段を下り、玄関をくぐる。

あたたかい陽光が噴水を照らし、水しぶきが舞っている。

視線の先で、白い塊がみるみる人間の形を象った。ドレスに身を包んだルーティアだ。噴水に腰かける姿はどこぞの国の王女のようだ。軽い動作で立ち上がり、うんとのびをする。

「じゃあ、どうするの？」

ルーティアが後ろ手に組んで、サナトの隣に並ぶ。スカートがふわりふわりと揺らめく。

「見ただけで相手が悪いと一目で分かる、もしくは戦意をくじけそうなシンボルがいる」

「それでさっき、セナードのスキルを《複写》したんだ……」

「まあ、それもある」

リリスとルーティアが不思議そうに両隣から見上げた。

サナトが《時間停止》を使用し、同時に《時空魔法》でゲートを開いた。

「バールが手を離れ、グレモリーも偵察中。悪魔は確かに強いが、数が少ない。もう少し何かあったときのための駒が欲しかったんだ」

「ご主人様……ゲートでどちらへ？」

「ギルドだ。強いモンスターの情報を聞きに行くぞ。見栄えが良いものを、《召喚魔法》で何匹か使役《しえき》しよう」

サナト　26歳
レベル8　人間
ジョブ：村人
《ステータス》
HP：57　MP：19
力：26　防御：26（＋32767）　素早さ：33　魔攻：15　魔防：15（＋32767）

《スキル》
浄化
護壁：初級（改）
火魔法：初級（改）
回復魔法：初級（改）
水魔法：初級（改）
防御・魔防＋20（改）
HP微回復（改）
召喚魔法
捕縛術：初級（改）
《ユニークスキル》
神格眼
ダンジョンコア
魔力飽和
時空魔法
悪魔召喚（3）

第十三話　名家の事情

教室に残ったメンバーは、難しい顔で机を見つめるセナードを囲んでいた。

最初に口を開いたのは、片眉を上げたガリアスだ。

「やるのは分かったけどよ、なんか作戦があるのか？　サナトの魔法を一発くらえば終わりだぞ」

「ガリアス、何も聞いてなかったのか？　サナトは『殺しはなしだ』と言ってただろ」

セナードがじろりと見上げる。

ガリアスが肩をすくめ、円卓に重い腰をかける。

「そんな口約束を信じてるのか？　サナトにとっちゃ遊びの魔法でも死ぬかもしれないんだぞ。撃たせないつもりなら分かるけどよ」

「それは……分かってる」

セナードの視線が落ちた。しばらく考えこむと、「輝石は一応持っておくぞ」とルルカに念を押す。

そして、「勝つためには――」と小さくつぶやき、こう続けた。

「ガリアスが言うように、いかに、サナトに魔法を撃たせないかが重要だ」

「それはそうですけど、兄さん、リリスも強いそうですから……」

「リリスはルルカが何とかするしかない。お前は非力で盾は不得意だけど、トリッキーな動きが武器だ。向こうも近いタイプに見えるから、一枚上手をいくしかない。学園での先輩の経験を活かして立ちまわってくれ」

「でも、それだけだとまだ一対一でしょ？」

リリアーヌが口を挟み、心配そうな顔でセナードを見下ろした。

「リリスを押さえられれば、僕がその間に足の速いやつを召喚する。サナトが開幕にどんな魔法を使うか分からないが、幸い、アイテムの使用は禁止されていない。こんな時のためのアイテムのストックがある。それで意表をつければ、できる限りモンスターを並べて四方から引っ掻き回す。そしてその間に――」

「切り札を召喚するんですね」

ルルカの言葉に、セナードがわずかな自信を表情に浮かべた。

だんだんとイメージが膨《ふく》らんできたのか、セナードは机の上で指を滑らせ「こう来たら、こうか」と動きを確認する。

「アイテムの使用、早い召喚、切り札……いや、切り札の前に魔法を挟んだ方がいいか。魔法も警戒に値すると思わせられれば――」

「あえて接近戦ってのはどうだ?」

軽い調子で言うガリアスが、アイテムボックスから道具を取り出した。二十センチほどの灰がかった柄を持つ短刀だ。

セナードの目の前に転がすように無造作に放り出した。

「かするだけで軽い麻痺《まひ》の効果がある。耐性のあるモンスターにはほとんど意味ねえけど、人間相手なら動きを鈍らせるくらいはできる」

「近づいて、これで切りつけろと?」

「ばーか。あいつの腕力見ただろ。近づいたらどんな攻撃がくるか分からねえ。そうじゃなくて、投げるんだよ」

ガリアスが太い腕を廊下に向けて、投げる真似をした。

セナードがゆっくりと首を振った。

「そんな技術はない。当たるはずがない。僕は召喚士だぞ」

「だから意表をつけるんだろうが。召喚士が投擲《とうてき》だと！　ってな。即席の投げ方くらいなら俺が教えてもいい」

悪い笑みを見せたガリアスの横で、リリアーヌが「あの」と小さく手を上げた。

全員の視線が向けられる。

「ふと思ったんだけど……サナトくんって、セナードのジョブとか戦い方を知ってるの？」

「ほんとですね……私もリリスに話したことないです。せいぜい、私が前衛向きじゃないってことくらいで……」

ルルカが頷き、セナードを見つめて言った。

ガリアスは「ほんとか？」と立ち上がる。野太い声で、呆れたように言った。

「つまり、サナトは何も知らない状態でセナードと戦うつもりってことか？」

「すごい自信……」

リリアーヌがぽつりと言う。

「あ、案外……カルナリア先生が教えてたりして！　きっとそうです！」

ルルカが場の空気を変えるように高い声で言った。

ガリアスが口端を上げて、皮肉げに笑う。

「舐《な》められてるだけだったりしてな」

「言いすぎよ」

リリアーヌが躊躇《ちゅうちょ》なく平手でガリアスの腕を叩いた。乾いた音と共に、「いてっ」とガリアスが身をすくめた。

「気にしないで、セナード。ガリアスはいつもこんな感じだし」

「別に気にしていない。それに、戦う以上は情報は知られていると思って準備しておいた方がいい。どうせ、僕のことは調べればすぐに分かる」

「兄さん……」

セナードが立ち上がった。

「決闘に負ければ、僕が獲られる側になるんだ……そんなことになったらもう……」

「おいおい、そんなに思いつめた目をすんなって。どんなときでも、頭は冷やして、が冒険者の心得だぜ。それに、セナード……なんでそこまでして、あのお嬢ちゃんが必要なんだ？」

ガリアスが当たり前の質問を投げかける。

ルルカが一歩前に踏み出して口を開いた。

「兄さんは、私のために――」

「ルルカ、別にお前のためだけじゃない。僕自身のためでもある」

セナードは、きっぱり告げた。硬質な輝きを瞳に宿して言う。

「イース家に生まれ育った僕らが、不用の烙印を押されるわけにはいかない。ただそれだけさ」

リリアーヌが驚きに目を見開いた。

ガリアスが目を細め、「それはきついな」と訳知り顔でため息をついた。

＊＊＊

イース＝セナードは、イース家の当主、イース＝ヘーゲモニアの実子に当たる。

その妹、イース＝ルルカも当然血の繋《つな》がりがある。

イース家は、ディーランド王国の三名家の一つだ。最大勢力の魔法の名家であるフェイト家、武術や近接戦闘に長けたメラン家に続く、《召喚魔法》に長けた家だ。

代々、優れた召喚士を輩出し、類いまれなモンスターを多数召喚できたイース家は、一時期、戦力でメラン家を上回ると言われたこともある。

当時は良かったそうだ。

中規模や小規模の貴族は、勢いのあるイース家の傘下にこぞって集い、自分達の家を優遇してもらおうと、あの手この手で、娘や婿候補をイース家に出入りさせた。

血の繋がりが生まれれば、将来的にイース家の勢力の中で上位に君臨できるからだ。

《召喚魔法》はお金では買えない魔法の一つだ。

絶対数が少ないうえ、親や身内がスキルを所有していても、子が引き継げるとは限らない。戦闘中に何かの拍子に閃《ひらめ》いて身につけることは、《火魔法》や《水魔法》に比べれば珍しいという。

だからこそ、生まれた時から《召喚魔法》を習得していたセナードに対するヘーゲモニアの期待は大きかった。

長男、次男が引き継げず、諦めかけていたところに生まれたセナードは可愛がられた。その次のルルカが《召喚魔法》を持っていなかったこともあり、溺愛ぶりに拍車がかかった。

ヘーゲモニアはその頃、《召喚魔法》を子が引き継げないことで、名家を維持できなくなるのでは、と不安を募らせていた。それはちょうど、フェイト家とメラン家に戦力で大きく水をあけられ始めた時期と重なる。

歴代のイース家は、兄弟全員が《召喚魔法》を身につけ、強力なモンスターを武器に、支え合いながら家を守ってきた。

ヘーゲモニアも例に漏れず強かった。

けれど、彼の兄弟達は、誰も《召喚魔法》を持って生まれてこなかった。

「お前しかいないんだ」

ヘーゲモニアの父は、事あるごとにそう言った。物心ついてすぐ、大人のパーティに放り込まれ、迷宮に何日も潜って鍛えられた。

当然、セナードにも同じことをした。

「お前が継がずに誰が継ぐ」

自分の強力なモンスターを隣に置いて、いつもセナードに言い聞かせた。期待をこれ以上ないほどに込めた言葉だった。

幼少期は順調だった。

ヘーゲモニアは戦闘を除けば、とことん甘かった。何不自由ない暮らしにセナードは満足し、身内の期待を一身に受け、僕は選ばれた人間だ、と少しも疑わなかった。

風向きが変わったのは、中等部の途中だ。

「そろそろお前にも、強いモンスターが必要だ」とヘーゲモニアは告げた。

すぐに専門のパーティが組まれた。

セナードを絶対に傷つけさせないための、イース家の選りすぐりの戦力だった。

ヘーゲモニアも息子の晴れ舞台を見るつもりだったのだろう。忙しい合間を縫って、三日間の遠征に出発した。

「大丈夫、少しレベルは高いが、今までと一緒だ。『隷属せよ』のあとに、お前が感じた言葉をそのまま口に出すだけでいい。イース家の人間には簡単なことだ。私も、おじいさんも皆こなしてきた」

ヘーゲモニアは穏やかに言った。

巨大な門をくぐった先のモンスターを前に、セナードは緊張感を振り払い、胸を張った。

「隷属せよ！」

意気揚々と大きな声を出した。高らかな声は自信の証《あかし》だった。

だが――

隷属の儀式を何度試しても、目の前の丸い形のモンスターは従えられなかった。

「どうした、セナード？」

今でも覚えている。この一言から、すべてが狂ったのだ。

「なぜ、召喚の言葉が分からない！　簡単なはずだ！」

ヘーゲモニアは古参の部下を前にして、顔を真っ赤に染めた。

「モンスターと繋がる感覚が分からないのか！　それでもイース家の跡取りか！　ここはまだ序の口だぞ」

ヘーゲモニアの怒声が、罵声に変わっていく。

きりきりと胸の奥が痛む感覚の中、セナードは泣きそうになって叫んだ。

「隷属せよ！　隷属せよ！　隷属せよ！」

虚しく響く声を耳にしながら、セナードはヘーゲモニアの冷めきった瞳が向けられていることに気づいた。

それは、兄達に「家名を捨てて家を出ていけ」と命じた時のものと同じだった。

セナードは数年前の出来事を鮮明に思い出しながら、広い屋敷の門をくぐった。

隣にはルルカもいる。

「結局、僕はそれでも家にすがるしかなかった」

「……兄さん？」

ルルカが首を傾げたが、何でもないと手を軽く振った。

――五年ください！

あの時、セナードは、ヘーゲモニアに必死に泣きついた。

なぜ五年と言ったのかは、はっきり覚えていない。ただ、子供にとって漠然と長い時間を要求しただけだったのかもしれないし、ティンバー学園を卒業する年齢まではという打算があったのかもしれない。

その想いが透けて見えたのか、ヘーゲモニアは願いを一蹴《いっしゅう》した。

こんなに簡単なことができないお前には才能がないんだ、と告げた。

打ちのめされる思いで言葉を失ったセナードに代わって、周囲にいた部下達が口添えをした。

「たった一度失敗しただけです」

「召喚士の入り口とはいえ、坊ちゃんにはもう少し時間がいるかと」

「私は、ご子息にイース家を継いでいただきたく思います」

労わるような口調に、ヘーゲモニアが考え直す素振りを見せた。

「お前達がそこまで言うなら」と目を細め、「五年で私並みになれなかったときは、ルルカ共々、放り出すからな」と宣告したのだ。

「もしかすると……もう僕の後釜は決まっているのかもな」

「兄さん、そんなことを考えていたんですか？」

ルルカが心配そうに覗き込む。

「考えるさ。直系の子に家を継がせることを諦めた家もあるじゃないか」

「ガリアスさんに継がせたメラン家のようにですか？」

「そうさ。早々に才能のない自分の子供を諦めて、強い冒険者を後釜に据える……家名を守るためには当然かもしれない。うちだってそうならないとは言えないだろ。現に、僕はまだ父上には敵わない」

「でも……」

セナードが、「ほんとのことだ」と寂しそうにつぶやき、顔をあげた。

ちょうど、向かい側から、どこかで見たことのある茶髪を下ろした男が歩いてきた。噴水を挟んで、セナードとは距離がある。

「……アルシュナ先生？」

ルルカがぽつりとつぶやいた。

セナードはアルシュナの動きを目で追った。屋敷から門に向かって移動中のようだ。

「どうして、学園で一番強い先生がここに？」

「さあ……アルシュナ先生って《召喚魔法》が使えるからお父様に技術相談に来たとか？」

ルルカの一言に、セナードの心中が騒いだ。素早く問いかける。

「え？　使えるのか？」

「うん、そうみたいだよ。噂話だけど、いつからか一緒にいる執事みたいな人が、実は人間型のモンスターじゃないかって」

「なんだそれは？」

あり得ない話だ。噂話にしても度が過ぎる。

人間型のモンスターなど、《召喚魔法》を極めたイース家でも、誰も召喚したことがないはずだ。

セナードは「ばかばかしい」と首を振った。

「でも、突然何もない場所に現れたのを見たって子がいるの……」

「建物の陰から出てきたとかだろ」

ルルカが、「うーん」と細い腕を組んで考え込んだ。

「まあ、私も直に見たわけじゃないから」

「ほら見ろ。人間型のモンスターを召喚するなんてあり得ない。だいたい、アルシュナ先生が《召喚魔法》を使えるはずがない。あの人は、魔法使いだったはず。確か、高等部の入学式でもそう説明していた」

セナードは得体の知れない気味悪さを振り払うように、早口で言った。

——もし、《召喚魔法》の使い手なら？　なぜイース家に出入りする？

心の内に響いた疑問。

セナードが勢いよく屋敷に視線を向けた。

見なれた白亜の建物だ。毎日ここから学園に通っている。

それなのに——なぜか、白い壁が黒く染まっている気がした。

第十四話　やるしかない

「ルルカは部屋に行ってくれ。父上には僕から頼む」

「でも兄さん——」

「いいから」

セナードはルルカの肩を掴んで、体を反転させた。

ちょうど屋敷の分かれ道だ。左に進めばセナードとルルカの部屋のある方に。右に進めば屋敷の主人であるヘーゲモニアの執務室にたどり着ける。

「ルルカがいると、父上はあまりいい顔をしないだろ」

セナードは苦笑いして、ルルカの小さな背中を押した。

「その通りだけど」と、ルルカの顔が暗く沈んだ。

上の二人の兄と同様、《召喚魔法》を持っていないルルカに対しても、ヘーゲモニアは厳しい。

いや、違うな——とセナードは思う。

厳しいのではなく、興味がないのだ。怒ることもなければ、何かを命じることもない。ヘーゲモニアにとっては、家を継げない娘など視界に入っていないのだろう。

セナードが「五年間は妹も一緒に」と伝えたために、放り出されなかったにすぎない。

良い血筋から縁談の話があれば、即座に政略結婚のために送り出されるだろう。

セナードはそんな考えをおくびにも出さず、軽い口調で言う。

「借りたい物もあるから、僕一人の方が頼みやすいんだ。じゃあ、またあとで」

セナードは会話を終わらせて奥に進んだ。

廊下で興味深そうに様子を窺っていた数名のメイド達が「お帰りなさいませ」と慌てて頭を下げる。

セナードは苦い唾を呑み込んで、態度を変えずに通り抜けた。

自分がメイド達に、陰でどう呼ばれているかは知っている。

仮の跡継ぎ、だ。

ここ一年で、その言葉をどこでも耳にするようになった。他家に出かけた時にも嫌みのように言われたことがある。

無能な跡継ぎ、呼べない坊ちゃん。

あの日から時が経ち、悪口の種類は増えた。

イース家に生まれた、《召喚魔法》を半端に使えるだけの、将来が期待できない息子に容赦はない。妬《ねた》みもあるだろう。

家を出た方が楽になるのかもしれない、と何度も考えた。

けれど、セナードは放り出されて生きていける自信がない。

妹と離れ離れになれば、「妹の居場所を守らなければ」という、言い訳の気持ちも折れて、一人で野垂《のた》れ死にするかもしれない。世間に出ることが恐ろしい。

冒険者など、やれるはずがない。自分が足手まといだということを突き付けられるのが怖い。

今さら普通の生活ができるはずがない。助けなど求めたくない。

「僕は、勝ってみせる。リリスという強者を手に入れて、迷宮に再挑戦し、必ずミノタウロスをひれ伏させる」

ヘーゲモニアの言葉が脳裏に蘇る。

――ウィルオウィスプすら従えられないお前に、ミノタウロスなど夢のような話だ。そこにたどり着くことすらできんだろ。まあいいか……やる気があるのは結構。五年の間に、できる限りやってみろ。ただし、もうお前に護衛はつけない。貴重な私の戦力を失いたくないからな。やるなら、お前とルルカ、あとの戦力は奴隷を買うなり、冒険者に頭を下げるなりするんだな。

セナードは、ほっと安堵の息を吐いたことを覚えている。

どんな条件だろうと、一つの壁はクリアしたからだ。

だが後に、その条件が大きな壁となって立ちはだかった。

まず、ルルカは戦えなかった。召喚士どころか、普通の戦闘すら不得意だったのだ。ようやく学園で中位に入れたのが二年ほど前だ。

その間に、条件の良い奴隷も探した。けれど、命を預ける奴隷だ。土壇場で裏切られることは、セナードとルルカの死に繋がる。数を揃えることはリスクも増える。

できれば少数精鋭。

タンクをこなしつつ、迷宮で敵を圧倒できる戦力がベストだが、そもそもそんな人間は奴隷に堕《お》ちない。冒険者をこなせるほどに強いなら、一人でも戦い抜けるからだ。

残るのは、病弱か、二度と戦えない体か、別の目的で売られる者。

奴隷を手に入れることが絶望的になり、とうとう学園の付き人に手当たり次第に声をかけ始めた。

——僕の下に来ないか？

プライドが邪魔して、誘い方が悪かったと後悔している。だが、今さら自分のスタイルは変えられなかった。

そんな時に舞い込んできた忠誠心に溢《あふ》れんばかりの薄紫色の髪の付き人。見事な立ち居振る舞いは、奴隷であることを微塵も感じさせなかった。

一度はフェイト家に招かれたという魔法使いのサナトを、一人で守れるだけの力を持つリリス。奴隷と知ったときは自分の迂闊《うかつ》さを恥じたが、落ち着いて考えれば、彼女ほどによい条件の奴隷はいないと確信した。

どうすれば、サナトから譲ってもらえる？

セナードは散々悩んだ。サナトに何を差し出せば良いのか分からなかった。

仕方なく、金と名家をちらつかせたが、どちらも一蹴された。そして、とうとう権力を盾にした決闘を挑んだ。

「負けないぞ。負けてたまるか」

セナードは眉を吊り上げて、重厚な扉をノックした。

低い声で返事があり、取っ手に手をかけた。

ごくりと唾を呑み、柔らかいカーペットの敷かれた部屋に足を踏み入れ、「父上、お疲れのところ申し訳ありません。実は……お借りしたいものがあります」と、単刀直入に目的を告げた。

＊＊＊

次の日。

午前の授業を終えたセナードは、ルルカを連れて早々と演習場に向かった。

ヘーゲモニアから借りたアイテムを一度確認し、ボックスに片づける。

少し待つと、ガリアスを伴ったカルナリアがやってきた。顔をしかめた彼女は第一声、「ほんとに、サナトと戦うのか？」と心配そうに言った。

セナードが顎を引く。今さら後戻りなどできないし、時間もない。手の届く範囲に好条件の奴隷がいるのだ。ここで手に入れなければ次はないだろう。

「カルナリア先生、今日は立ち合いをよろしくお願いします」

セナードが会釈すると、カルナリアは鼻を鳴らして呆れ顔を見せた。

「復活の輝石は持ってるのか？」

「僕とルルカが一つずつ」

「……死ぬのは怖いぞ」

「サナトは『殺しはなし』だと言ってますから、あの謎の高威力魔法は使用しないはずです。それなら、チャンスが大きくなる」

自信を覗かせるセナードに、カルナリアが微笑を浮かべた。

背後を振り返り、ガリアスに視線を送ると、「言ってた通りだな」と肩をすくめた。

「言ってた通りとは？　何かおかしいですか？」

「あの魔法を見て、喧嘩《けんか》をしかけようとする度胸に感心するだけだ。うちの教室には似たようなやつはいるだろうが……」

「あいつだって、僕と同じ学生に過ぎません。多少魔法は強いだろうとは思いますけど、絶対に勝てないレベルじゃないはず」

「……そうか。まあ、私からこれ以上言うことはない。お前が仕掛けたケンカだ。頑張ってくれ。ところで、今日は二対二で戦うと聞いたが、セナードはルルカを？」

「もちろん」

淡い薄緑色の軽鎧《けいがい》に身を包むルルカが頷いた。ショートソードを手に、緊張を顔に浮かべた彼女は、「今日はよろしくお願いします」と頭を下げる。

カルナリアが「任せろ。危なそうならすぐ止める」と苦笑いして片方の手を挙げた。

そして、何かに気づいたのかぐるりと首を回した。一人の黒髪の少女が小走りで駆けてきた。髪に結びつけられた黄色い紐が目を引く。

「リリアーヌ？　どうした？　選抜組の遠征が終わるから、教室で待ってるんじゃなかったのか？」

カルナリアは訝しげに眉を寄せる。

「こっちが気になっちゃったので」

「お前が首を突っ込んでいるとは知らなかった。あまり名家には近づかないようにしてたんじゃないのか？」

「……意地悪言わないでください、先生」

リリアーヌが黄色い紐に触れながら、心外そうに頬を膨らませた。

「まあ、いいさ。どっちにしろ、この場には、将来、王国を背負って立ちそうなやつが集まっているわけだ。さて……サナトもその中に含まれるのかな」

カルナリアは茶化すように言い、その場に近づく男に視線を向けた。

灰色のローブに身を包むサナトが、リリスを連れて悠々と近づいてきた。

「気負いは感じられんな――っ⁉」

独り言のようにつぶやいた彼女の顔が、驚愕で凍り付いた。

異変を感じたガリアスが釣られて首を回し、同じく言葉を失う。

「誰だ？」

「さあ？」

セナードのつぶやきにリリアーヌが同意する。

サナトとリリスの後ろに、少女が隠れるように歩いていた。十歳を超えた程度だろう。

少女は端整な顔に不敵な笑みを浮かべ、ウェーブのかかった明るい白髪をかき上げて前に出た。

黄土色のキュロットに、襟のある半そでシャツに黒いリボン。瞳は金色。

どこか身分の高さを感じさせる。

「……サ、サナト、その子は」

カルナリアが白髪の少女に素早く視線を向けて、上ずった声で尋ねた。

教師らしい泰然とした態度が、嘘のように変わり果てていた。瞳を吊り上げ、腰に差した剣の柄に手をかけている。

ガリアスもぐっと腰を落としている。

返答次第では二人とも即座に動き出さんとする態勢だ。

「アミーという名の、俺の今日のパートナーです」

サナトはにこりと微笑むと、アミーの頭にぽんと手を置いた。青みがかった白髪が柔らかく動いた。

カルナリアの目が驚愕に見開かれる。

「二対二のはずですから、前衛に連れてきました。こう見えても、こいつ結構強いんですよ」

サナトはそう言って、集まったメンバーを順繰りに見回した。

第十五話　召喚魔法

「ルールだが、どちらかが負けを宣言した時点で終了だ。死に至らしめるような追撃も認めない。もしそんな魔法や技が放たれそうな場合は……私が止めに入る」

カルナリアが警戒心を露わにして、目の前で対峙している少女のうち、より背の低い方を見つめる。

アミーは小さな手に不釣り合いに大きい茶色い手袋をはめ、感触を確かめるように握っては開く。

そして、上機嫌に口笛を鳴らした後、ちらりと横目を向けた。

「カルナリア先生だっけ？　そんなに心配しなくても、殺さないわ」

「だといいがな」

眉を心配そうに曲げたカルナリアは、もう一人の少女を見やる。

アミーより大きいが、小柄だ。間違いなく前衛向きではないだろう。両手にショートソードを構え、腰には短刀を差している。身軽さを活かすための皮鎧は、イース家から提供されたものだろう。

この年齢の学生が到底買えない逸品だと一目で分かった。

けれど――

「頼りないな」

かすかな音量で漏らした言葉が、カルナリアの心中を物語っていた。

アミーの手袋は、手首部分に戒《いまし》めのための紋様が描かれている。冒険者や騎士達が、あえて力を抑えて訓練するときのものだ。カルナリア自身、ギルドの暗部になるまでに使用したことがある。

当然、子供用のものはなく、鍛え上げた大人向けに開発されたものだ。

こんな子供が。

カルナリアは思わず口にしかけたセリフを呑み込んだ。

金色の双眸《そうぼう》が、射抜くように向いていた。

「先生？」

表情の変化を感じとったのか、ルルカが首を傾げた。

カルナリアは慌てて気持ちを引き締める。今もセナードは勝つ気でいる。結果が見えていると思うのは傲慢かもしれない。

「では元の位置へ戻れ。あっ――ルルカ」

カルナリアは、自分のエリアで合図を待つサナトとセナードを一瞥した後、思い出したように声をかけた。踵を返しかけたルルカがぴたりと止まる。

「何か？」

「復活の輝石はちゃんと持ったな？」

小さな顔が力強く縦に振られた。

当たり前のことではあったが、カルナリアは念押しせざるを得なかった。

すると、アミーがルルカに近づいた。

何も考えていない無造作な歩き方だ。本当に危険な人物なのかと疑いそうになる。

アミーは口を三日月形に曲げると、年相応の表情で微笑んだ。

しかし、放たれた言葉は、やはり、と思わせるものだった。

「姿に惑わされず、全力で私を殺しにきなさい。命令されてはいるけれど、舐めた真似をすれば、殺すわよ」

ルルカが表情を凍り付かせる。

アミーは満足そうに頷き、くるりと背を向けた。長く白い髪が楽しそうに揺れていた。

＊＊＊

カルナリアが背中に斜めに差した三本の剣のうち、最も長い剣を抜いた。

左側奥にローブ姿のサナト。無手。

左手前側にアミー。戒めの手袋。

対して、右手前に緊張感を滲ませるルルカ。両手にショートソード。

そして、右側奥には、サナトに強い視線を送るセナード。片方の手には緑色の魔石をはめ込んだショートワンド。黒いローブ。

「始めるぞ」

状況を眺めるガリアスとロッドを抱えたリリアーヌを横目で窺い、カルナリアは剣を振り下ろした。

背後に立つリリスがどちらに向けたものか、「頑張ってください」と小さな声で言った。

「やはりな」

カルナリアが早々に動いたセナードを見やった。

アイテムボックスから、濃い青色の奇怪な紋様の盾を取り出すセナード。

体ごと覆える大きさで、底に三本の棘がある。その場から動かないことを前提に作られた盾は、棘を土中に根深く差し込み自立する。セナードが盾の裏に身を隠すように消えた。

イース家の秘伝防具——名誉の盾——だ。

召喚士という接近戦に弱い人間を守るために作り方や素材を工夫した盾は、どんな魔法やスキルの攻撃も弾くと言われている。

しかも、セナードが用いたのは、イース家の初代が決めたという家紋——飛竜——をあしらった他では見られないものだ。授業では一度も見た記憶がなかった。

家宝に等しい盾を借りたのだろう。

「続いて動くぞ」

ガリアスが平坦な声で言う。

動かないサナトとアミーを確認し、右に視線を向けた。

セナードが半身を盾から出し、何かを投げた。

真っ赤な粉——違う。赤魔石だ。

魔力を込めると一定時間火を放つ親指サイズのものを、一掴み、二掴みと投げ、盾の後に姿を隠す。口元はすでに高速で動いていた。長い『召喚の言葉』を口にしているのだろう。

投げられた赤魔石が演習場の地面で火を吹き、至るところで人間の身長ほどの高さの火柱が完成する。一帯の温度が上昇し、顔に熱気を感じる。

ルルカがその中で、陽炎《かげろう》のように体を流した。

カルナリアやガリアスと同じ《隠形》に属する《影渡り》を使用したのだ。

火柱に姿を隠して移動しつつ、ショートソードの一本を地面に刺して片方の手を空けると、腰の短剣を抜き放って全力で投げた。

無表情のまま微動だにしないアミーに向けての投擲だ。

接近戦が不得意な代わりに磨かれたルルカの一刀。

十センチほどの灰がかった柄を持つ短刀は、ガリアスの麻痺を与える武器だろう。見覚えがある。

見づらい位置から飛来するその刀を――

「受け止めた⁉」

リリアーヌが驚愕の声を上げた。ガリアスが、ため息を漏らす。

予想通りとはいえ、まったく攻撃にならないようだ。

アミーは事もなげに片方の手で受け止め、さらにそれを音を立てて握りつぶした。手が切れるなど躊躇《ちゅうちょ》していない。

「召喚！　炎蛇《えんじゃ》ウーロ！」

カルナリアは声の聞こえた方向に視線を向けた。

長い『召喚の言葉』を終えて、モンスターを呼べたようだ。ちょうどルルカの身長ほどの長さの二匹の真っ赤な蛇が、しゅるしゅると左右に分かれて火柱の中に消えた。

セナードの炎蛇ウーロは珍しいことに双子の蛇だ。一度呼び出すだけで同時に二匹出てくるアドバンテージは大きい。

さらに火に体を紛れ込ませて飛ぶように移動できる。

投げた赤魔石はこの布石だろう。

魔法一発の威力に差があるのなら、盾で固めている間に手数で勝負する。間違っていない。

恐らく本当に呼びたいものは——

「サナトが動いた！」

ガリアスの声に釣られ左を向く。ちょうど、サナトが火柱の中で右手を上げたところだ。

炎よ、我が手に宿れ。

確かに口が動いた。

サナトの目の前に《ファイヤーボール》が現れ、間髪容れずセナードに向かった。

まさかあの《ファイヤーボール》か。

熱気の中で、額に冷たい汗が浮いた。隣のリリアーヌも息を呑んだ。

名誉の盾に守られているセナードは？

カルナリアは最悪の結末を予想する。しかし、濃い青の盾は《ファイヤーボール》が当たると同時に黒っぽい光を放ち、見事に火を散らした。

ほっと胸を撫《な》で下ろす。サナトの《ファイヤーボール》もイース家の防具は破壊できなかったようだ。

お返しとばかりに、姿を覗かせたセナードが二本の《サンドランス》を飛ばす。

サナトが軌道を眺めつつ、見えない動きで違う位置に移動した。

さきほどの場所から大きく動いている。

「マジかよ。動きが追えなかったぞ」

戦慄《せんりつ》するガリアスが舌打ちした。

——キィイッン！

いつの間にか、演習場の中央でルルカが追いかけられていた。

距離を取るように振るう銀色の刃が、アミーの細い腕に当たって何度も弾かれている。

アミーがどんな手法で位置を感知しているのかは分からない。

カルナリアですら揺らめく無数の火柱の中では《影渡り》を使用するルルカを見失うのに、アミーはまるで最初から知っているようにどんどん追い詰めていく。

同時に後方と横から噛みつこうと跳びかかった炎蛇ウーロの首を、いとも簡単に手で掴んで投げ飛ばし、蛇のようなしつこさでルルカを散々追いかける。

さっさと攻撃してこい。そう言わんばかりだ。

ルルカがとうとう攻勢に出た。

必死の形相《ぎょうそう》でショートソードを体の前で構える。ずざっと足を止めた。

アミーが小さく頷いて、にじり寄る。ルルカが振り下ろした刃を難なく受け止めた。

信じられない。

両手は戒めの手袋でかなり重いはずだ。速度重視のルルカの両刀を、刃の動きに完全に合わせるように手の甲で止める。

それもまったく同じ力だ。証拠に、何度も振られるショートソードが、時間が止まったようにピタリとその場で停止する。

弾かず、いなさず。

剣術に熟達したカルナリアは唸る。レベルが違いすぎる。

「召喚！　炎爬《えんは》サラマンダー！」

セナードが高らかに声を上げた。炎蛇ウーロの召喚とは違う、自信に満ちたものだ。

「下がれ、ルルカ！」

セナードの声に反応し、ルルカが深く膝を曲げると、アミーを一瞥して跳んだ。

身軽さを活かした跳躍でセナードの近くに着地する。

と同時に、低いうなり声を震わせた炎爬サラマンダーが、地面を掘り返すように現れた。

漆黒の体に、真っ赤なひび割れのような模様。巨体を揺らし、鉤爪で地を掴んで前に出た。

名誉の盾から姿を現したセナードが、初めてルルカの前に立つ。

アミーを睨み、離れた位置のサナトに視線を向け、胸の前から手を突き出すようにして叫んだ。

「やれっ！　サラマンダー！」

大きい。ガリアスの身長とほぼ同じだ。体重も、体長も相当だろう。

しかし、あの大きさでもまだ子供だ。成長すると今の三倍程度まで巨大化する。

大人のサラマンダーは砂漠に出現する土蜥蜴《つちとかげ》と同様に、まともにやりあうとパーティが壊滅するかもしれない強敵だ。

触れるだけで燃え上がりそうな黒と赤の鱗《うろこ》をまとったモンスターは、武器も魔法も効き目が薄い。

横に広い口を大きく開けたサラマンダーが、溢れんばかりの炎を溜めた。

来るぞ。

カルナリアが、サナトの方向に顔を向けた。

降参するなら――

負けを宣言するなら止める気だった。演習場に撒《ま》かれた赤魔石は、サラマンダーのブレスを強化する目的もあったのだろう。

範囲も威力も初級魔法の《ファイヤーボール》とは比較にならない。

炎を吐かれた後では止める術はない。あいつを召喚された以上は危険だ。

心の片隅でそう思いつつ、カルナリアは苦笑いする。

「まあ、そんなはずないか。まったく苦にならんと……そうだよな。お前には帝国すら相手にならんのだからな」

カルナリアは心の底から呆れ声を漏らし、微笑を浮かべたサナトを見つめた。

ちょうど、右手がゆっくりと持ち上がったところだった。

第十六話　事実と向き合えば

――うまくいった。

ここまでスムーズに事が運ぶとは思っていなかった。小躍りしたいような気持ちをぐっと抑えつけ、セナードはサラマンダーの後ろ姿を眺める。

何度見ても、悠然とした態度に見惚れる。自分の切り札だ。

サラマンダーを手に入れられたのはちょっとした偶然だった。

召喚士としての見聞のために、モンスターの見世物小屋をヘーゲモニアに連れられて見に行った時だ。主催者の男が、ヘーゲモニアに珍しいモンスターが手に入ったから買ってもらえないかと提案したのだ。

隣から覗き込んだセナードは目を輝かせた。

それはサラマンダーの幼体だった。見かけは今と変わらないが、大きさは比べるべくもない。

当時のセナードよりも小さなサラマンダーは、真っ赤な口内に灯火《ともしび》のような幽かな炎を蓄えて、黄色い瞳を向けていた。

「父上、僕にもらえないでしょうか」

口をついて言葉が出た。この大きさから育てるのは時間がかかる、と渋るヘーゲモニアに、セナードは子供の純粋な願いを盾にして何度も頼んだ。

そして、すぐに召喚契約を結び、厳しい日々の訓練の中で共に成長してきたのだ。

サラマンダーは重い頭部をわずかに引いた。見慣れた者にしか分からないブレス前の動作だ。

セナードは誇り高い気持ちで、隣に戻ったルルカに視線を向けた。

どうだ？　これが僕の力だ。

ルルカは兄の無言の表情を見て頷いた。

最も身近で自分を理解する身内。ただ、なぜかいつもと違う神妙な雰囲気を感じ、内心で首を傾げる。視線を外されてさらに疑問が湧く。

しかし、眼前でサラマンダーが発した途方もない熱量を感じて、それはすぐに霧散した。

轟々《ごうごう》と音を立て、激しい炎の海が訓練場の地面を舐めるように広がった。赤魔石の火柱を好物のように呑み込み、気勢を上げて敵を蹂躙《じゅうりん》せんとする。

最初の餌食は謎だらけのアミーだ——と思ったものの、いつの間に移動したのか、少女はサナトの隣に立っている。ゆっくりと戒めの手袋を外して、不気味に笑っている。

「まあいい。どっちにしろ二人とも背を向けて炎から逃げるしかないんだ」

セナードは数秒後の未来を思い描いて得意げになる。

サナトの得意な《ファイヤーボール》がいかに強かろうと、炎そのもののようなモンスターに勝てるはずがないのだ。

「それが、お前の切り札か」

サナトから言葉が飛んだ。

迫る炎の海を前にしているとは思えない、落ち着き払った声だ。

プライドが傷つけられた気がして、不愉快さが顔を出した。

ぶっきらぼうに答えた。

「そうだ！　炎爬サラマンダー！　もうどうしようもないぞ！」

セナードの左にはイース家の家宝である名誉の盾、右にはルルカ、そして眼前には長い『召喚の言葉』で呼び出した切り札であるサラマンダー。

さらには、二匹の炎蛇ウーロが、炎のブレスの中に溶けて隠れている。

「さあ、負けを認めるんだ！　冒険者パーティでも手を焼くモンスターだぞ」

言外に、逆転の手段はないことを匂わせ、セナードはここぞとばかりに胸を張った。

だが――

「ここまでサラマンダーを育てたのは間違いなくお前の努力の証だ。けどな――」

「なにを？」

サナトは大声で言い放ち、表情を引き締めると、右手をぐっと握り締めた。

「俺に手がないと判断するのは早すぎる」

途端、セナードの背後で何かがせり上がった。異質な重低音に、セナードとルルカが、勢いよく振り返った。

それは――

一本の氷の柱だった。大人二人がかりでようやく周囲を覆えるような、とても太い円錐形だ。

大地を割って顔を出したのか、鋭利に尖った先を天に突き立てるようにしてそびえ立っていた。

一気に周囲の温度がぐっと下がった。

顔に冷やりとした空気が触れ、背中に炎の熱気を感じる。

冷と温。相反する世界の狭間で、セナードは不気味さと共に、振り返った。

「氷……だと？」

セナードは言葉を失った。

あり得ない。氷を作る魔法は存在しない。そもそも氷は自然界でのみ生まれるものだ。《水魔法》はあっても、《氷魔法》はないのだ。常識のはずだ。

サナトが腕を振った。

氷の柱が、地響きを立てて次々と生えた。

混乱して立ち尽くすセナードは、一体何が起こっているのか分からず、揺れる大地にたたらを踏んだ。

「僕らを……囲んだ？」

気づいたときには、後退する道がなくなっていた。そこにあるのは互いに押し合う氷の柱。巨大な半円形を象るように配置された氷柱は壁のように立ちふさがった。

気温がさらに下がり、体がぶるりと震える。サラマンダーが弱々しく鳴いた気がした。

「そんな……ブレスが……」

セナードは驚愕に目を見開いた。

サラマンダーの吐いた炎が、途中から凍り付いていていた。

サナトの足下から広がる氷の海が、炎の海を這い上がるように侵食し、大地が薄水色に変わっていく。パキパキという聞いたことのない音と共に、炎蛇ウーロが苦しげに姿を現し、彫像のように動かなくなった。

「サラマンダーっ⁉」

セナードの悲痛な声と共に、自分の切り札が容易《たやす》く凍り付いた。頼りがいのあるモンスターは物言わぬ石像に変わり果てていた。

我が物顔で広がり続ける氷のエリアが、とうとう二人の足下に迫った。

立ち上る冷気が鼻や耳に刺すような痛みを与える。

「な、なんだこれは……」

膝の力が抜けた。どかっと尻もちをついた。手をついた拍子に、尖った小石が突き刺さって血が流れたが、まったく気にならなかった。

ルルカが瞬きをせず、光景を眺めている。

ふと、何かがサラマンダーの上に立ったことに気づいた。

アミーだ。

にんまりと笑みを浮かべ、「この程度で、敵うはずがないわ」と言うと、戒めの手袋から解放された細く白い腕を目にも止まらぬ速さで振り抜いた。

サラマンダーだったものが、四つの塊に切り分けられていた。すぐに強制送還が始まり、光の粉となって消えた。

何も言葉が出なかった。

どうすれば良いのか分からなかった。

赤魔石、炎蛇ウーロ、炎爬サラマンダー。すべては氷の世界の中だ。

残った炎蛇ウーロに呼びかけても、何も繋がらない。

「もう十分だろ」

セナードは真後ろから聞こえた声に、小さく悲鳴を上げて跳び上がった。

サナトが背後に立っていた。痛ましい物を見るようにも、苦笑いしているようにも見えた。

左腕に何かがゆっくりと伸びていく。拳から生えた白い剣とでも言えようか。その部分から、冷気に負けない熱量を感じた。

白い剣が真横に振り抜かれた。

「あっ……」

イース家の名誉の盾が、バターでも切るように真っ二つになった。

《ファイヤーボール》を弾いた時の、頼もしい光景は何だったのか。あまりに呆気《あっけ》ない最後だった。

地面に刺さった下半分を残し、がらんと重い音を立てて、上半分が転がった。

「セナード、意地を張るのは終わりだ。今のお前じゃ、俺には勝てない」

「ぼ、ぼくは……けど……」

「兄さんっ！」

朧《おぼろ》げな光を瞳に湛えたセナードに、ルルカが悲愴な顔をして近づいた。

「兄さんっ！　もう認めよう！　強い人はどこにでもいることくらい分かってるじゃない！」

「けど……けど、ルルカ……僕が負けたら……ルルカも……」

「だから、頼もう！　サナトさんに力を貸してほしいって！　迷宮に潜るのについてきてほしいって！　もう、私達の力だけじゃ無理だよ！　リリスも手伝ってくれるって言ってる！」

ルルカが涙をうっすらと浮かべて叫んだ。

セナードが壊れたように繰り返す。

「頼む？　サナトに？　……手伝いを？」

「そうだよ。五年経っても……私達はお父様に認められなかった……それが事実でしょ」

ルルカが視線を落とした。

セナードが迷う素振りを見せた。苦しげに短い呼吸を繰り返し、サナトを見上げた。

「リリスを譲ることはできないが、頼みを聞くくらいなら構わんぞ。もちろん報酬はいくらかもらうがな」

サナトは口端を上げつつ、目を細める。

そして、急に表情を厳しく引き締め、声を落として続けた。

「だが……もしもまだやるというなら、召喚対決で片をつけてやる」

サナトの右後ろに薄緑色の奇怪な円が浮かび上がった。《召喚魔法》だ。

一瞬にして、巨大な三つ首の獣が現れた。

二本の前足を使って上半身を起こすと、動きを確認するように長い尾を振った。黒い体毛に包まれた狼。象に比肩するほどに大きい。低いうなり声とともに、六つの鋭い瞳が、セナードを睥睨《へいげい》する。

続いて、左後ろにも円が現れた。

今度は鎧そのもののような巨大なモンスターだ。全身が銀色に輝き、頭部のスリットの中で、ぼんやりとした紅点が蠢《うごめ》き、セナードを睨め付ける。

鎧は人間の体の何倍もある大剣を軽々と持ち上げ、大地に振り下ろした。にぶい重低音と共に剣先がめり込む。

サナトが膝を折ってセナードと視線を合わせた。

「俺のケルベロスとアーマードナイトが相手をする」

「サ、サナト……君は召喚まで……『召喚の言葉』も……」

「そんなものはいらない。すべて無詠唱だ」

セナードがぽかんと口を開けた。

プレッシャーを発する桁外れのモンスターを前に、ルルカがもう一度セナードの肩を軽く叩いた。

セナードの張りつめていた表情が溶けるように緩み、がくりと首を落とした。

「サナト……僕に……手を貸してくれないだろうか」

セナードの言葉に、ルルカがほっと安堵の息をついた。

サナトがやおら微笑を浮かべて右腕を真横に振った。

ケルベロスとアーマードナイト。プレッシャーと冷気。すべてが嘘のように掻き消えた。

「さあ、ルルカの依頼はこれで終わりだな」と独り言のようにつぶやいたサナトは立ち上がると「やれやれ、難易度の高い仕事だった」と肩をすくめた。

第十七話　猫かぶり

三人は言葉を失い、沈黙を続けていた。

決闘が終わったことは分かっている。

サナトが近づき、セナードが憑《つ》き物が落ちたような顔で何かつぶやいたところは見た。

けれど、それは結末に過ぎない。問題は、そこに至るまでの過程だ。

セナードの《サンドランス》をかわした時の見えない動きは何だったのか。炎爬のブレスを圧倒する氷の魔法の正体は。氷の柱など考えられない。

そして、使える者が限られる《召喚魔法》をあっさり使用し、得体の知れないモンスターを『召喚の言葉』なしに呼び出す。

どれもが《ファイヤーボール》と同じく、異常事態だった。

誰も考えをまとめられないまま、「なにあれ?」と背後から聞こえた声に、ゆっくりと首を回す。

「……モニカ」

リリアーヌが自分の付き人の名を呼んだ。

一人の少女が呆然《ぼうぜん》と立っていた。

新雪を思わせる白い肌。丸みを帯びた女性らしい体型。翡翠《ひすい》のような深い緑色の瞳を大きく開き、絹糸のような金髪を荒々しく揺らして、訓練場に近づく。

「あれ、誰? 一人はセナードね。もう一人は知らない……いや、ちょっと待って……あの黒髪って見覚えが……」

「モニカ」

リリアーヌが名を呼んだ。

「教室に行ったんじゃなかったの？」

「行ったけど、リリアーヌがいなかったから、適当に人を捉まえて居場所を聞いて来たの。そしたら……決闘っぽいことをしてたから、慌てて走ってきたら――」

モニカが目を細めて演習場を睨みつける。視線の先には、のんびりした調子で向かってくるサナトがいる。

「とんでもないことになってて……思わず見とれた」

モニカが前に出た。スカートが揺れ、腰に差したレイピアの柄が合わせて動く。

サナトが、ぎょっとした顔で立ち止まった。

「お久しぶり。確か……サナト、だったよね？　私のこと覚えてる？」

「……いや、記憶にあまりないな」

サナトが視線を外した。

モニカが皮肉げに笑う。リリスを指差し、「私は、あそこにいる紫の髪の女の子もよく覚えてるんだけど」と、近づいた。

「覚えてるでしょ？　デポン山で会った時に助けてもらったことがあったじゃない。ほら、あの鎧のモンスターと戦ってて――」

モニカはまったく笑っていない嘘くさい笑みを浮かべて迫る。

サナトがバツが悪そうに沈黙する。

「倒したあと、絶対に生きて私達と合流するって言ったから、逃げた先で丸一日待ってたんだよ？危険だからってみんなには帰ってもらって……私一人でずっと――」

「そ……そうか……」

「思い出してくれた？」

「ああ……すまなかった」

サナトが引きつった笑顔でしぶしぶ頷いた。

モニカは「よしっ」と小さくつぶやいてから、「あれ、もう一度見せてくれない？」と上目遣いで見上げた。

「あれ、とは？」

「さっき、出してた鎧のモンスター。セナードは持ってないから、サナトでしょ？」

サナトは考える仕草と共に足下を見た。「まあ、猫かぶりは辞めたしな」と大きく息を吐いた。

真横に薄緑色の奇怪な円が浮かび上がった。

モニカが目を瞬かせたのも束の間、巨大な鎧姿のモンスターが威風堂々、姿を現した。

「ふわぁ……これってやっぱり……」

「モニカが、あの時戦っていたモンスター。アーマードナイトだ」

「アーマードナイト……あの時に倒さずに、隷属させたの？　同じやつ？」

「まあ、同じやつとも言えるし、違うやつとも言えるな」

サナトの微妙な言い回しに、モニカが不思議そうな顔をする。

そこに、ようやく動き出したカルナリアが、胸倉を掴む勢いで割って入った。

「待て待て、モニカ！　そんなことより、サナトには聞きたいことが山ほどある！」

「どうぞ。答えられる範囲で答えますよ」

サナトは苦笑いしながら先を促す。

「ではまず……あの氷はどうやったんだ？　《氷魔法》なんてものはないはずだ。それと、アミーはいつの間にかいなくなったが……」

「《水魔法》の応用ですね。アミーは用事があって、移動させています」

「移動？　私達の目をかいくぐって？　……と、まあもういいか、あいつのことは。あまり聞きたくないしな。それより、《水魔法》の応用だと？　どうやって……いや、それもそうだが、お前はあの時、呪文を唱えていたか？　私には――」

「俺に呪文は必要ないので」

「はあっ？」

あっさり放たれた言葉に、カルナリアが唖然とした顔で言葉を失った。

モニカが横から口を出す。

「それ本当？」

「本当だ」

サナトが上空に右手を向けた。突如、紅玉が放たれた。《ファイヤーボール》だ。

カルナリアが顔を歪める。

「本当……なのか……し、信じられ……魔法の無詠唱だと？　勇者や伝説級のモンスターが扱える技のはずだぞ」

「そうなんですか？　案外、そこら辺を歩いている黒い服の男も使えるかもしれませんよ」

「誰のことだ？」

「そんなことより！」

モニカが大声を上げて、瞳を輝かせる。

「もしかして、《召喚魔法》も無詠唱？」

サナトが静かに顎を引く。

「俺には『召喚の言葉』とやらは不要だ。この通り――」

アーマードナイトが重々しい動きで、石剣を真横に薙《な》いだ。

それだけで、あたり一帯に突風が巻き起こる。誰もが、体を強張らせた。

「呼び出せるし、命令も意のままだ」

「すごすぎ……やっぱりあの時のことは嘘じゃなかったんだ」

モニカが感慨深そうに言う。

「すごいのレベルを遥かに超えている……もうわけが分からない」

カルナリアが苦々しげに言い、ガリアスに「なあ」と同意を求める。

しかし、旧知の仲の男は言葉を発することができずに、目を見張ったままだ。

「サナトって、レベルどれくらいなの？　40は超えてるんだよね？」

「秘密だ」

「どうして？　レベルくらい教えてくれてもいいのに」

「レベルだけで判断するのは良くない」

決まりきった言い訳に、モニカが心外そうに頬を膨らませた。

「そんなこと知ってる。見かけやレベルだけじゃ、強さは測れない。当たり前でしょ。でも、一つの目安にはなる」

「俺の場合は、目安にならないんだよ」

サナトが軽くあしらいつつ、背後から歩いてきた人物に振り返った。

ルルカを連れたリリスだ。主人の活躍を静かに見守っていた彼女の表情は、上気するようにほんのり赤く染まっていた。

「ご主人様、お疲れ様でした」

「ありがとう。本当ならリリスに頼むべきだったのに、アミーと代わってもらって悪かったな」

「いえ、私も勉強になりました」

「次があったら、よろしく頼む。で……ルルカは――あれで良かったか？　セナードに強さを見せつけるって依頼は果たせたか？」

「はい。無理な願いを聞いていただき、ありがとうございました。おかげで、兄さんが初めて人に助けを請うことができました。サナト様がいなかったら、ずっと頑張りすぎたあげくに、お父様に捨てられて壊れてしまっていたと思います。私は別にイース家を放逐《ほうちく》されても構わないと思っていますけど、プライドが高すぎる兄さんは、きっと、生きる目標みたいなものがなくなったと思うので……」

ルルカが肩の荷を下ろしたように、和らいだ顔で言う。年相応の魅力的な笑顔だ。

サナトが意味深長な笑みを浮かべた。

気づいたルルカが、「なにか？」と尋ねる。

「プライドが高すぎるってのも困りものだな、と思ってな。俺も気をつけなければ」

「サナト様に限ってそんなことは……」

「いや、俺も格上に牙を――っと、この話は余計だな」

サナトは「悪い」と軽く頭を下げ、言葉を濁した。

今のサナトしか知らないメンバーには、きっとうまく伝わらないだろう。一度死ぬ結果になった戦いを知るのはリリスやルーティアだけで十分だ。

そう思って、「さてと」とローブのポケットに両手をつっ込んだ。

「さっさともう一つの依頼をこなすとするか」

「待て、サナト」

カルナリアが、慌てて口を挟んだ。

「お前は決闘に勝った。セナードには何を要求する？　あいつの命以外なら、家宝だろうが、財産全てだろうが、何でも可能だ」

「遠慮しときますよ」

訝しげに眉を寄せたカルナリアに、サナトが片方の手を振る。

「もう、貴重な物をもらいましたので」

「もらった？　いつ？　何をだ？」

「内緒です。とにかく報酬は必要ありません。それに、先生……この決闘は正式なものじゃないんでしょ？」

サナトがカルナリアの瞳をじっと見つめる。

「なぜ、そう思う？」

「何人かに聞いた話だと、昔の決闘は財産をかけてとかではなく、単に力比べの戦いに過ぎなかったそうですね。演習場に教室の全員が集まって見物していたらしい。中等部の生徒まで呼んでいたとか……まあ、一世一代の戦いだから、ってことですかね。でも、今回の決闘は、見物人はよく見知った人間だけ」

「……その通りだ」

「先生が立ち会っている以上は、非公式ってわけではないのでしょうが、公式の決闘ってわけでもないグレーゾーンの戦いってところでしょ。イース家から、圧力でもかかりましたか？」

「お前……そこまで知ってて決闘を受けたのか」

呆れた顔のカルナリアに、サナトが肩をすくめて見せた。

「兄想いの妹の願いとリリスの頼みもあったので。ただ……すべて名家とやらの思い通りになるのは癪《しゃく》だったので、家宝の盾だけは――あの通りに」

サナトが、親指を立てて後ろを指差した。

真っ二つになった盾が、寂しげに役目を終えて倒れていた。

カルナリアが、面白い物を見たような顔で笑う。

「そのためにわざわざ切ったのか。子供みたいな意地だな」

「せめて、プライドが高いと言ってください。さてと……ネタ晴らしを終えたところで、ルルカの二つ目の依頼をこなすとするか」

「ご主人様、私も」

「リリスはもちろん連れていく。あとは、セナードは確定として――他にバルベリト迷宮に行きたいやつはいるか？」

サナトは楽しそうに、ぐるりと視線を巡らせた。

第十八話　適任者

深緑の香りが鼻をついた。

鬱蒼《うっそう》と茂る林の中で、木々が歓迎するようにざわめき、踏み締められた大地が音を立てる。

「ちょっと待て……まさか、バルベリト迷宮前の森の中か？」

カルナリアが困惑顔で周囲を見回す。

「おっしゃる通りですけど、さっきそう言いましたよ」

当然でしょう、というサナトの返事に、彼女は片方の手でこめかみを揉《も》んで唸る。

「さすがに頭痛がしてきた。《テレポート》だと？　何だそのおかしな魔法は……常識が無茶苦茶だ……確かにさっき教室にいたはずなのに。移動用の馬車も廃業だぞ……」

「サナトさんって色んなことができるんですね……」

「ご主人様ですから」

引きつった顔のルルカに、リリスが嬉しそうに微笑む。

セナードがため息をついてルルカの肩に手を置き、反対の手を広げて指折り数える。

「魔法が火、水、氷に……《召喚魔法》と《テレポート》……超人だな。でたらめにもほどがある。僕が勝てないわけだ」

「珍しい。セナードが素直に負けを認めるなんて」

「モニカ、うるさいぞ。リリアーヌの側に帰ったらどうだ？　君に助けは求めていない」

「久しぶりに帰ってきて話したらこれだもんね」

モニカが呆れ顔で腰に手を当てる。「ほんとルルカが大変」と体を斜に向けた。

カルナリアがやるせない顔で言う。

「お前ら……どうでもいい諍いの前に、もう少し驚いたらどうだ？　教室から、一気にここまで飛んだんだ。こんなことが可能になると、戦闘も戦争も、すべての常識が変わるぞ」

「カルナリア先生の言うことは分かりますけど、私はサナトがアーマードナイトと一人で戦いに行った時から、薄々感じてましたよ。絶対に、この人は何か隠してる、って」

「モニカ、私は隠していたことはどっちでもいいんだ。ただ……サナトの魔法が異常すぎると――」

「先生――」

カルナリアとモニカの雑談に、サナトが低い声で口を挟んだ。

ルルカやリリスを含め、全員の視線が向いた。

「俺が異常だってことは、とっくの昔に知ってたでしょ？　今回、《テレポート》が一つ追加されただけです。大したことじゃない」

「だが……」

「さあ、もう行きましょう。少し気になることがあるんで、さっさと終わらせたいんです」

サナトはそう言うと、林の中をすたすたと歩き出した。視線の通らない林の中を熟知しているかのような迷いのない歩みだ。

リリスが即座に後に続き、モニカが軽い足取りで追う。

「お前ら……桁違いの強さを持つ人間の横に立つことは、何より危険なんだぞ」

カルナリアが苦々しい表情でつぶやいた。

その言葉に、歩き始めていたセナードが立ち止まって振り返る。

「なぜですか？　むしろ守ってもらえるからと、喜んで人は集まるんじゃないですか？」

「争いが起こるのは人間の性《さが》だ。強い人間の側には、勝手に強い敵が集まってくる。すり寄った人間に力がなければ、即座に争いに巻き込まれて死ぬ。それに――」

カルナリアがため息をついて歩を進める。

「もしも迷宮内で、サナトとリリスが豹変《ひょうへん》して襲ってきたら、どうなると思う？」

「僕らを、ですか？　それはもちろん、死ぬでしょう」

「そういうことだ」

言いたいことは伝え終えたとばかりに口を閉ざしたカルナリアの横顔を、セナードが横目で窺う。

続く言葉がないと知った彼は、鼻で笑った。

「そんなことを心配していたら、永遠に疑心暗鬼で暮らさないといけなくなるじゃないですか。サナトやリリスに限って、それはありませんよ」

「考えが甘い。仮に二人は違うとしても、その配下までが言うことを聞くとは限らない」

「……決闘の時にいた少女のことですか？」

「あいつに限ったことじゃない。常に何かが起こると考えていた方がいいってことだ」

カルナリアはそう言って、見えてきた黒い迷宮の入り口に視線を向けた。

入り口の端で、冒険者と思しき四人の男達が、誰かを囲んでいる。

その他に人が見当たらないために、異質な集団は目を引いた。

一人の男が、中央に立つ背丈の低い人物の前で、腰を折って窘める。今にも頭がぶつかりそうなほど近い。軽い苛立ちが透けて見える。

「どうやって来たのか知らねえけど、ここにいるとモンスターに襲われるんだって。邪魔だ、さっさと帰れ。弱っちいガキがうろついていい場所じゃないんだ。すぐそこはモンスターの巣窟《そうくつ》なんだぞ」

「でも、人を待っていますし、迷宮のすぐ外はモンスターが少ないって……」

「どうでもいいこと知ってやがるな」

男が苦虫を潰《つぶ》したような顔で、腰に手を当てた。

「そんなの迷信だ、迷信。とにかく死にたくないなら帰れ。俺らは親切で言ってやってるんだぞ。もう自己責任ってことでモンスターに襲われても知らんふりするぞ」

「……なら、おじさん達が送ってくれますか？」

囲まれた人物が、か細い声を上げる。

男が眉を寄せた。

「だから言っただろ。俺らは仕事があってここから離れられないんだ。次の馬車が来たら、乗っけてもらうよう頼んでやるから」

「でも……」

煮え切らない態度に、男が憤慨《ふんがい》した表情を見せた。

その時だ。囲まれていた小柄な人物が、「あっ」と囁き、サナト達に視線を向けた。そして、四人の男の間を縫って、小走りで駆けた。

「お待ちしていました！　セナード様っ！　イース＝セナード様ですよね！」

白い髪の少女がよく通る声で言った。

途端に、四人の男達が目に見えて色めき立ったが、すぐにリーダー格の男が、「落ち着け」と他の三人に目配せした。

男達は、少女を囲んでいたときの緩い雰囲気を消し去り、代わりに緊張感を漂わせる。「え？」と呆《ほう》けた声を出すセナードをちらりと盗み見し、素早く背を向けて迷宮に姿を消した。

「……何の話だ？」

セナードがぽかんと口を開けた。ルルカ、カルナリア、モニカも同様の表情だ。

しかし、駆け寄る少女の金色に輝く双眸には、最初から一人の人物しか映っていない。

「主様、お待ちしておりました」

「アミー、名演技じゃないか」

「この程度のこと、造作もありませんわ」

少女の姿をした悪魔は、にっこり微笑んだ。声を潜《ひそ》め、サナトにのみ聞こえる声で続ける。

「彼らが連絡係……といったところでしょうか」

「考えたケースの中では最悪の事態になりそうだな」

「いかがしましょう？」

「一旦、戻れ。必要な時はまた呼ぶ」

「承知しました」

アミーが薄笑いを浮かべて、サナトから離れた。

状況を把握できていないメンバーを一瞥し、鼻を鳴らして森の中にすうっと消える。

サナトが遅れて右手を振った。

目で追っていたセナードが訝しげに、「どういうことだ？　なぜアミーがここに？　あいつも《テレポート》を使えるのか？　僕を待っていたとは何の話だ？」と、矢継ぎ早にいくつもの質問を口にした。

サナトが答えず歩き出し、セナードが、「おい」と横に並ぶ。

「いずれ分かる。俺に手助けを頼んだ以上は任せておけ。セナードはミノタウロス戦に向けて集中してくれ」

サナトはそう言って振り返った。

視線に気づいたリリスが、ポニーテールを揺らして首を傾げる。

「もしかすると、リリスの力も必要になるかもしれない」

「ご主人様のご命令であれば、どのようなことでも」

「すまないな」

リリスは優しく笑う。そして、迷宮に乗り込まんと歩を進めたサナトに、音もなく近寄った。

レベルと素早さを兼ね備えた者のみに許される、スキルを使用しない身体能力にあかせた移動。

周囲は動いたことすら気づかなかっただろう。

「やはり、セナードさんは……」

「狙われているな。イース家には、この先の筋書きがあるんだろう」

サナトは薄暗い空間に視線を固定したまま、雑談をするように言う。

「どっちにしろ、悪魔が絡んでいる以上は注意するべきだ」

「戦いなら私も」

「もちろんだ。ただ、先の展開を考えると、戦いより先に尋問の機会が来るかもしれない。そして、俺にはそんなスキルも経験もない。リリスはあるか?」

「……ありません」

「もし相手が身分の高い者の場合は、尋問より交渉を選択すべき場合もある。となると——」

サナトは緑苔《みどりごけ》が輝く空間の端に寄り、遅れて付いてきたメンバーに視線を向ける。

右手を虚空に向け、拳を軽く握った。

空中に直系二メートルほどの黒い渦が現れた。光を通さない漆黒だ。

不規則な動きをするゲートの出現に、誰もが唾を呑んだ。

「さあ、どうぞ。この先が三十階層です」

サナトが渦に入るよう、全員に促した。

最初にモニカが勢いよく飛び込み、セナード、ルルカ、カルナリアが続いた。

サナトは残ったリリスと顔を合わせ、胸の内に語り掛ける。

「ルーティア、聞こえてるか？」

『ん？　何？』

「悪いが、バールに連絡してくれ」

『あいつ……仕事中とか言ってなかった？』

「分かっているが、力が必要になるかもしれない。俺が呼んだらすぐに来られるように、手を空けて欲しいと伝えてくれ」

『りょーかーい』

ルーティアの気乗りしなさそうな声が途絶えると、サナトが深く頷く。

「こういう仕事は、バールが適任だ」

「アミーさんには厳しいですからね……」

「買い物すらまともにできん悪魔に、交渉事など無理だ。演技力は多少あるし、尋問だけならできるかもしれんがな……」

サナトは数日前の話を思い浮かべて、苦い表情で言った。

第十九話　小休止

岩に囲まれた丸く広がった広大な空間が、サナト達を歓迎する。

以前に来た時と同じく、人が多く盛況だ。

商売の活気、肉を焼く匂い。武器や道具を売っている店と、隅の方で地面に寝転がる、赤ら顔の冒険者集団。

真剣にミノタウロスの突破を考え、武器の手入れに余念がない人間と、最初から諦めている緩み切った雰囲気の人間。

カルナリアが「久しぶりだな」と口元を緩め、来た経験のないモニカ、セナード、ルルカは呆けた顔で周囲を見回す。

「三十階層とは、こんな雰囲気なんだな」

セナードが顔に隠しきれない喜色を浮かべる。自分の知らない世界を目の当たりにしたことで、気持ちが昂《たかぶ》っているのだろう。

続いて、モニカが嬉しそうに笑う。

「私、迷宮に入るのって初めて！」

「当たり前だ。お前ら、学生にはまだ早すぎる……本当ならな。まあ、モニカならそのうち自力でも来られたかもしれんが」

カルナリアの苦笑いに、サナトも釣られる。

「お前もそう思うのか？」と顔を向けた彼女に、「そんなところです」とつぶやいた。

けれど、実際に考えていたことはそうではない。

モニカは既に一度、迷宮を経験しているのだ。

あの時は、アーマードナイトと戦った際に、不運なことから迷宮に落ちてきたが、サナトが強引に言い聞かせたこともあって、彼女の中では同じ迷宮だと気づいていないのだろう。

「カルナリア先生は、ここに来たことがあるんですか？」

モニカが瞳を輝かせる。セナードとルルカも、真剣に見つめる。

まるで、今から英雄の冒険譚でも聞くかのようだ。

「お前達、今度から授業も同じくらい集中して聞けよ――私が、ここに来たのは、もう数年前になる」

「冒険者だったんですよね？　パーティは誰と？」

「私と、ラーンズ、デルティオ……それと……もう二人いた。こいつらは、少し事情があるから、話せないが……」

モニカの質問に、カルナリアが言葉を濁す。昔を思い出すように、ボス部屋に続く、くすんだ巨大な扉をじっと見つめる。

ルルカが「えっ？」と驚いた声を上げた。

「ラーンズさんと、デルティオさんって、よく学園に指導に来てくれるお二人ですか？」

カルナリアが腰に手を当てて微笑む。

「その通りだ。二人は、ティンバー学園の卒業生だぞ。双剣のラーンズと、赤ひげのデルティオ。二人とも私のパーティメンバーだった。今は飲んだくれてる噂しか耳にしないが、誰もが一目置いた冒険者だった」

「……解散したんですか？」

「大人の事情で、別の道に進んだんだ。おっと、勘違いするなよ。別に喧嘩別れしたってわけじゃない。ただ、何となく全員のそりが合わなくなった。気持ちが前に向かなくなったとでもいうのかな」

「……そうなんですね」

ルルカに優しい瞳を向けたカルナリアは、腕を持ち上げて巨大な扉を指差した。

「そうなった原因の一つが、あの奥にいるミノタウロスだ」

「だから、ここに来るといった時に、真っ先に付いて行くと言ったんですね。ケジメをつけたいってところですか？」

サナトが腕組みをして聞いた。

カルナリアのパーティが三十階層を突破できなかったことを暗に示した言葉だったが、彼女は特に隠す風もなく、「それもある」と認めた。

「ただ、今は生徒が危険な目に遭わないよう、監視する気持ちの方が強い。とまあ、私の話はそんなところだ。ところでサナト、いつ挑戦する？」

「すぐにでも。順番待ちを申し込んできます。今日は人が多そうだ」

「待て、サナト。申し込みなら私が行く」

カルナリアが横目で門の前の人物を窺った。

簡素な木椅子に腰かけた少女と、護衛の男性だ。いずれもギルドの制服に身を包んでいる。

「チエラ……知り合いだ。ずっと待つのも面倒だ。少し、無理を頼んでくる」

「あまり無茶を言わないでくださいよ。あとで責められるのは彼女なんですから」

早々に歩き出したカルナリアに、サナトが釘を刺した。

彼女がひらひらと手を振った。

「分かってる。昔話もついでにしてくるから、お前らはしばらく、店でも回っていろ」

カルナリアは少し弾んだ声で言い残し、一直線に門に向かった。

「ねえ、サナト、歩かない？」

カルナリアを見送ったモニカが、金色の髪を揺らして振り返る。

「歩くとは？」

「お店、一緒に回ろうよ。二人で」

「そうか……」

サナトはちらりとリリスを確認する。ちょうど、ルルカが話しかけているところだった。

セナードは緊張感を漂わせて、アイテムボックスの中身を入念に点検している。

ふと、リリスの視線がサナトに向いた。モニカのセリフを意識していることは、すぐに分かった。

けれど、何を言うでもなく、ふっとルルカと談笑に戻る。

「別に構わない、ということかな……」

「何が？」

「何でもない」

サナトは顔を覗き込むモニカに軽く手を振った。

「で、どこに行くんだ？　王都に比べれば、珍しい店なんてないと思うが……」

「いいから、いいから」

モニカは腰に手を当てて、軽いステップを踏んで背を向けた。

サナトを振り返りもせず、「あっち、あっち！」と進み始めた。

ちょうど空間の中央を越えて、魔石の換金所と思しき店が近づいてきた時だ。モニカがぴたりと足を止めて、唐突に切り出した。

「どうやったら、そんなに強くなれるの？」

「またそれか」

「また？」

サナトは肩をすくめる。

「教室の全員から聞かれすぎて飽きた質問だ」

「そっか……そうだよね。サナトの答えは？」

「答えられない、だな」

モニカの瞳が真剣さを増した。

「それは、隠したいって意味で？　それとも私に教えても無駄だってこと？」

「そんな切り返し方は初めてだ。だが、どっちもずれてる。そうじゃなくて、俺自身も強くなった経緯が奇跡的な話ばかりでうまく説明できないんだ」

「……どういうこと？」

「少なくとも、モニカやカルナリア先生みたいに、長い時間、剣を振って得た強さとは違う異質なものってことだ。強いて言うなら、運が良かったとしか言えない」

サナトは苦笑いしながら、モニカを見下ろした。そして、モニカの片方の手をすくい上げて、手のひらを確認する。

少女の手に似つかわしくない、ごつごつした剣だこが、至るところで努力を主張していた。

「モニカのこれは、俺にとっては尊敬すべきものだ。軽いレイピアとはいえ、どれくらい振ってきたのかは理解できる」

サナトが羨ましげに言った。その言葉は、決して嘘だと思えなかった。

モニカは、自分の努力を正面から認められたことが恥ずかしくなって、さっと手を引き、ごまかすように言う。

「でも……自分が強いってことは認めるんだ。もし……サナトが認める私が、戦いを挑んだらどうなると思う？」

「俺に？　一対一でか？」

「うん。サナトって魔法使いでしょ？　私の方が有利だと思わない？」

モニカの探るような視線が向いた。

サナトがおかしそうに答えた。

「思わないな。本気でやれば、数秒で俺が勝つ」

モニカがごくりと喉を鳴らした。考える時間のない即答だ。

「モニカだって、あの決闘を見て勝てるとは思ってないだろ？　何が言いたいんだ？」

「……強くなったら……自分に酔うの？」

モニカが声を落として尋ねた。誰かを思い出しているような表情は寂しげに見えた。

「酔うだろうな」

「やっぱり……それって怖いことだよね？　もし……もしも、間違って大事な人を傷つけたりしたら、二度と力を使いたくないって思う？」

モニカが顔を上げた。サナトが静かに口を開く。

「酔って、調子に乗って、失敗して、そして考えればいい。身に余る力なら、余計に使う練習をしないと。必要な時に、ちょうどいいくらいの力を引き出せるようになれば、いざという時に――それこそ大事な人を守ることができる。俺は……そう思う」

モニカがじっと見つめる。「そっか……そうだよね」と聞こえないほどの声でつぶやき、勢いよく首を縦に振った。

「だよね、だよね！　やっぱり、強い人が力を隠してばかりじゃ良くないよね！　いざ守る時に、練習しとけば良かったって後悔したくないもんね！」

「そうだな……」

「うん。きっと、そうだ。よーし！　もう一度、そう伝えよ」

モニカが跳ねるような足取りで、三歩ほど先に進んでくるりと回転した。

沈痛さが嘘のようだ。

サナトに向けて手招きし、「早く、早く！」とせかす。

「よく分からんが、用事が済んだなら戻るか？」

「へ？　なんで？」

モニカが不思議そうにきょとんとする。翡翠のような瞳が丸くなった。

「聞きたかったことが解決したんじゃないのか？」

サナトが首を傾げると、モニカが頬を膨らませた。

「それはついでに聞きたかっただけ。最初に言ったでしょ？」

「最初に？」

「お店を二人で回ろう、って」

モニカはぶっきらぼうに言うと、サナトの返事を待たずに、さっさと歩き出した。

「そう言えば、そうだったな……」

サナトは気まずそうに鼻の頭を掻き、小走りで追いかけた。

第二十話　ミノタウロスの間

どんな手段を使ったのだろう。

満足そうなカルナリアは、全員に告げた。

「次が出てきたら、入っていいそうだ」

「は？」

状況がよく分かっていないメンバーの中で、サナトだけが「やれやれ」と首を振った。

「無茶しすぎでしょう。チエラさんが冒険者達から恨まれますよ」

サナトは気の毒に思って、木椅子に座る小柄なチエラに視線を送った。

肩を落とした少女が、浮かない顔をしていた。

カルナリアが鼻を鳴らして、「気にしなくていい」と顎をしゃくる。

「心配いらない。どうせ、私達の戦いは一瞬で終わる」

「どうしてそう思うんですか？」

ルルカが不思議がる。

モニカが代わりに答えた。

「サナトとリリスがいるからよ」

モニカが自信ありげな顔で、「ね？」とサナトにウインクする。

「今日は、戦いが目的じゃないぞ。セナードがミノタウロスを隷属させないと意味がない。それに……ボスは一度倒すと、復活に時間がかかるから再戦がめんどうだ」

「そう言えば、そうだったな」

わざとらしいカルナリアの言葉に、サナトがため息を漏らす。

「ベテランの元冒険者が、そんなことに気づかないものですか？」

「堅いことを言うな」

「なんか、やけに嬉しそうですね」

「否定はせん。私は以前に挑戦した時よりも強くなっている。今なら王国最強と呼ばれたヴィクターとも張り合えるんじゃないかと思っているくらいだ。確かあいつは、三度か四度挑んで、ようやくここを突破したはずだが、今の私なら――」

カルナリアが、ふと気づいたように足を止めた。興味深そうに目を細めてサナトを見る。

「そういえば、ヴィクター達がどうやって突破したかはギルドにも報告されていないらしい。あそこのパーティメンバーは、魔法使いのダン、タンクのサルコス、それとサナトもよく知っているアズリーだった」

「そうなんですか？　俺はよく知りませんが」

「アズリーから突破した時の話を聞いてないか？　まさかヴィクターが一人でミノタウロス全てを倒したはずはないし。あいつらは、あの後すぐに解散しているから、何も情報が入ってきてないんだ」

「……知りませんね」

サナトはわずかに肩をすくめる。

「ここを突破できるかできないかは、冒険者として重要だ。情報があれば、ぜひ聞きたい。本当に知らないか？」

「知るはずないでしょう。なぜ俺に聞くんですか？」

「サナトがフェイト家と繋がった時期と、ヴィクター達が解散した時期がちょうど重なるなと思ったからだ」

「偶然でしょう……さあ、そんなことより、さっさと行きましょう。あまり、ここで時間をかけない方が良さそうですよ」

ちょうど、惨憺《さんたん》たる有様の五人の冒険者がボス部屋から吐き出された。誰もが装備をずたずたに破壊され、体や両腕に血の跡が残っている。

けれど、自動的に治癒が行われたおかげで傷はない。この中の誰かが殺されたのだろう。

サナトは視線を素早く、とある方向に向けた。

六人の冒険者集団が、険しい顔つきでサナト達に視線を送っている。

全員を満遍《まんべん》なく確認しているように見えて、最も注視されているのは、緊張で体を強張らせているセナードとルルカだ。

カルナリアも気づいたのか、訝しげに眉根を寄せる。

「乱暴な手までは考えてないのか？　いや、ミノタウロスの隷属はあり得ないと高をくくってる？」

サナトは独り言をつぶやき、「行きましょう」とカルナリアを誘導する。

そして、チエラに軽く会釈すると、開いた門の中に歩みを進めた。

「ほ、本当に大丈夫なのでしょうか？」

重厚な扉が空間を隔絶すると同時に、ルルカが左右にそびえ立つ壁を眺める。

とてつもない高さの天井と、王都にすら存在しない幅の道。

コロシアムに向かうまでのわずかな道のりが、未経験の人間に途方もないプレッシャーを与える。

「心配するな。ルルカは戦うことはない。セナードの隣にいてくれればいい。目的の一匹以外は、俺とリリスが始末する」

「待て、私は戦うぞ」

「私も！　こんな機会ないもん」

好戦的なカルナリアに続き、モニカも勢いよくレイピアを抜き放った。

ルルカが感心したように「ふわぁ」と大口を開ける。

「別に構いませんけど、召喚用の一匹ともう一匹残せばいいですか？」

「いや、私は乱戦で構わん」

「先生……」

サナトが疲れた顔を浮かべて、首を振った。

「乱戦は危険です。全員が先生のように戦えるわけじゃない。モニカでも危険なんですよ」

「えっ？　なんで分かるの？」

モニカが目を丸くした。

「モニカのステータスだと一対一でも厳しいからだ」

「いや、そうじゃなくて……なんでそれが分かるの？」

「まあ……冒険者の勘ってやつだ」

「ほんとにぃ？」

モニカの視線が探るようにサナトに向かう。

それを、サナトは「どうでもいいことを深く考えるな」と手を振ってかわす。

そして、漂う雰囲気を振り払うように、声に力を込めて言った。

「分かりました。では、先生用、モニカ用、セナード用に一匹ずつにしときましょう。リリス――」

「はい！」

「バルディッシュを使って構わん。最速で敵を始末してくれ」

「承知しました」

「では行くぞ」

リリスが腰の剣をアイテムボックスに片づけた。代わりに、体よりも大きな濃い青色の刃がついたバルディッシュを取り出した。

カルナリアが目を見張る。

「リリス……それは普通の武器じゃないだろ？」

「いえ……普通のバルディッシュですけど」

リリスが小首を傾ける。

「どう見ても普通じゃない……青い刃の武器など見たことがない。お前らは二人揃って、やはりおかしいな……」

「そうでしょうか？」

「リリス、そこまでだ。来るぞ」

サナト達が、ミノタウロスの間に踏み込んだ。

途端に、真上に無詠唱で《ファイヤーボール》を放つ。くぐもった声が響き、一匹のミノタウロスがどさっと重量のある音と共に落下して光の粉と変わる。

「え？」

セナードとルルカが同時に声を漏らした。

真上にいることなど想定していなかったのだろう。カルナリアが嬉しそうに口笛を吹いた。

「さすがだな。お前が何もしなければ、私が戦う予定だったが」

「だから、そういう余裕はやめてください。全員の安全を守るのが、先生の仕事でしょう？　性格変わったんじゃないですか」

「かもな」

カルナリアは「ふふっ」と笑い声を漏らし、背中に差した剣の二本目を抜いた。

モニカが緊張感を露わにしてレイピアを構えつつ、アイテムボックスから小型の盾を取り出した。

しかし、そんな彼女達の気持ちを置き去りにするように、薄紫色の髪をたなびかせるリリスが飛び出した。

多くのミノタウロスが、手斧を今にも投げんと振りかぶっている。

リリスが裂帛《れっぱく》の気合と共に、バルディッシュを振り抜いた。

「《流虎爪《りゅうこそう》》」

生み出された巨大な五本の斬撃が、がりがりと大地を削って走り抜けた。

瞬きをする間もない。

筋肉質の厚い体を持つミノタウロスが、寸分の狂いなく、縦に真っ二つになって消えた。

「うそぉっ⁉」

モニカが素《す》っ頓狂《とんきょう》な声を上げ、追随するように他のメンバーが息を呑む。

リリスは止まらない。バルディッシュの中央を握り締め、斜めに腕を下ろして風のように走った。

ミノタウロスも大混乱だろう。

目で追えない速度で真横に移動したリリスは、断末魔の声すら上げさせることなく、再びバルディッシュを真横に振り抜いた。

「よくやった」

とんっ、と軽いバックステップを踏んで戻ってきたリリスの頭をサナトが撫《な》でた。

全員の目が点となった。

「俺が一匹、リリスが六匹。これで残りが三匹。予定通りだな。右奥のやつは一番強いから、セナードがもらえばいい。先生とモニカは残った二匹をどちらでもどうぞ」

「う、うん……」

「本当に一瞬だったな……」

「他の攻撃がないとはいえ、二人とも気を付けてくださいよ。セナード、ルルカ、じゃあ俺らは邪魔にならないよう、あいつを仕留めるぞ」

呆然とした表情のカルナリアとモニカを置いて、サナトは奥に向かって歩き出した。

このミノタウロスの間において、たった一匹の異質なモンスター。

周囲よりもレベルが高く賢いミノタウロスは、心の底から驚いているようだった。

第二十一話　再来の闇

一際大きな黒いミノタウロスは、地を這っていた。

両手両足を《封縛》で封じられ、状態異常の麻痺を与えられ、だらだらとよだれを垂らしながらも、大きく黒い目を剥《む》きながら、この状況を脱しようと足掻《あが》いていた。

丸太のごとき太い両腕には玉のような汗が浮かび、僧帽筋《そうぼうきん》から大胸筋《だいきょうきん》にかけてが異常に盛り上がっている。

冒険者に斧を振るえば、たちまち一刀両断にできる自慢の体は――まったく動かない。

「これで……いいのだろうか」

セナードが蚊の鳴くような声で疑問を呈した。

ルルカも同調して、気まずそうにミノタウロスを見下ろしている。

腰を下ろし、敵の状態を念入りに確認していたサナトが振り返った。

「まだ難しそうか？　かなり弱らせたから、隷属させられると思うんだが……これ以上やるとなると、腕を切り飛ばすくらいしかできないが……もしかして《召喚魔法》を使うときのルールか何かがあるのか？　そうだとしたらすまない。俺も一応使えるんだが、本職じゃないからな。いつも強引に隷属させてきたから……」

「いや、そうじゃない！　そうじゃないんだ！　ただ……僕が隷属させるときは、いつもたくさんの人に守ってもらいながらだったから……こんなに間近でモンスターを見たことがなくて……」

セナードは引きつった笑みを浮かべて、たった今あお向けの体勢に変わったミノタウロスの顔を盗み見る。

人間とは似ても似つかない、牛の頭を取って付けたかのような異形の頭部。真っ黒な皮膚《ひふ》。所々生える産毛のような体毛。二本の黄色がかった頭角。

その顔に――はっきりと、鈍器で殴られたような跡があった。

セナードはそれが出来た一部始終を見ていた。

サナトが正面から殴ったのだ。

武器を使わず、ミノタウロスの振るう戦斧を軽々と跳ね除《の》け、素手の拳を見舞ったのだ。

ただそれだけで、ミノタウロスは悲鳴を上げて吹っ飛んだ。自分から飛び退いたのではと勘違いする勢いで、鈍い音と共に宙を舞ったのだ。

「だいぶ、力加減ができるようになったな」

サナトは落ちていたミノタウロスの斧の柄を力任せに曲げて放り投げると、「残りＨＰがちょうどいいくらいになった」と満足げに頷いて、駆け寄ったリリスに嬉しそうに笑ったのだ。

「セナードの準備ができたなら、いつでもいいぞ」

サナトが自分の位置を空け、セナードとルルカを誘導する。

抗い続けるミノタウロスが、今にも噛みつこうと暴れるんじゃないか。

セナードは引けた腰を叱咤《しった》し、「ここまでお膳立てされているのに」と深呼吸をした。

そして、ロッドの魔石を向けて、目を閉じた。

「我が名はイース＝セナード、ミノタウロスよ、隷属せよ」

ミノタウロスの体の下に淡い光が広がった。白にも黄色にも見えるそれは、実体を持つ布のように体を包む。

奇怪な文字が端から走り抜ける。

セナードが苦しげに眉を寄せた。ルルカが胸の前で心配そうに両手を組む。

「頑張って、兄さん」

セナードが再び「隷属せよ」と口にした。

白い布の上を、奇怪な文字がさらさらと描かれて消える。

「……分からない」

苦しそうに息を吐いた。脂汗が額に滲み、体が小刻みに震える。

「やっぱり、分からない……」

「《召喚の言葉》だな？　手を貸そう」

サナトがセナードの隣に並び、口ずさむ。

諳《そら》んじる言葉は、何かを読み上げているように流れた。

「──私は、生まれながらの私の性質に善が宿っていないことを知っている。正しいことを望み、喜ばれたいと願う心があるはずなのに、私は願いに反する悪を行ってしまう。私の中には、罪のとりこになる弱く脆い部分がある。だからこそ、私は私の心に日々戦いを挑むのだ──覚えられたか？」

「サナト……どうしてその言葉を……」

セナードが驚愕の表情を見せた。

「そんなことを気にする必要はないさ。今すべきことは、ルルカのためにも、さっさとさっきの言葉を唱えることだ。ほら、もう一度いくぞ。今度は俺のあとに繰り返せよ」

サナトはミノタウロスをじっと見つめて口を開いた。

セナードが神妙な顔で続く。

そして言い終えた時、ミノタウロスの体が白い光にすうっと包まれ、奇怪な文字が溶けて消えた。

ルルカが小さく歓喜の声を上げた。

＊＊＊

カルナリアが、振り下ろされた斧を剣の腹で受け止める。

と同時に、ザリッという金属の擦れる音が響き、斧の刃が地面にめり込んだ。接触した瞬間に、剣を斜めに傾け、勢いを殺さずに流したのだ。

「衰えてなくて良かった」

カルナリアは口端を上げげつつ、背中に差した剣のうち、最も短いものを抜いた。

すぐさま呪文を口ずさむ。

「風よ、流麗にして無なるものよ、鋭牙をもって敵を穿《うが》て」

素早い動きでミノタウロスの太ももに風をまとった短剣を突き刺し、横移動からのバックステップで距離を取った。

太ももの投擲具を二本同時に投げ込む。顔をかばった太い腕に見事に突き刺さったことを確認しつつ、長い刀剣をすらりと抜いた。

カルナリアの体が揺らめいた。影が薄くなったようにも見えた。

素早い動きでミノタウロスの死角に移動し、気合をこめた一声とともに、剣を縦に振り抜いた。

血しぶきをあげて、太い腕が舞った。

カルナリアは追撃する。ミノタウロスの周囲にまとわりつきながら瞳を輝かせ、太ももに刺さった短剣を抜き取った。

そのまま腹部に勢いよく突き刺し、前蹴りで柄を乱暴に押し込むと、再び後ろへ飛んだ。

「す、すごいよ、先生……」

横目で眺めていたモニカが、心の底から感心したように言った。

ミノタウロスの武器である手斧と、長い斧の攻撃をものともせず、カルナリアはひたすら攻め続けている。攻守が逆転することなどあり得ないと言わんばかりの猛攻だった。

正直なところ、モニカはあまりカルナリアを好いていない。

物言いも、態度も、高飛車な部分が好きではないのだ。

けれど、今日の戦いを一から観戦して、よく分かった。

――カルナリアは、本当に強い。

元が高位の冒険者というのは伊達《だて》ではないのだ。

教師を除けば学園で最強と呼ばれるモニカでも、彼女の真似はできない。本気で戦わなければならない場面で、剣戟《けんげき》を受け流すなど不可能だ。

モニカの長所は素早さだ。レベルは二十台中盤だが、その点だけはミノタウロスに勝っていると思っている。

「負けないんだから」

モニカがのしのしと巨体を揺らして走ってくるミノタウロスを睨みつける。

視界の端では、とうとうカルナリアが敵にとどめを刺したところだ。幻想的な光の粒が、粉雪のように流れて消えた。

私だって。

ここまでの戦いはジリ貧だ。攻撃はかわせるが、レイピアの刃が刺さらない。

一度衝突した刃の感触では、力比べは挑めそうになかった。

「今度こそ、急所に刺してやる」

刺さる瞬間に身をねじって避けるミノタウロスは驚愕に値する敵だと思う。けれど、一対一なら勝てない敵ではない。

ふと、カルナリアがこっちを見ていることに気づいた。

遠征組が習うハンドシグナルが使われた。意味は――無理せず、下がれ。

モニカの負けん気がむくむくと膨れ上がった。

「見てなさいよ！」

モニカは一直線に走り出した。カルナリアが「あっ」と驚いた顔を見せた。

内心で満足しながら、ミノタウロスを見据える。

長い柄のついた斧が大きく持ち上がった。手入れの行き届いていない鈍い刃が見えた。

（当たるもんですか。もう動きは見切ったわ）

更に速度を上げて突っ込んだ。

集中したモニカには斧の軌道が見えた。

自分の速度にカウンターで当てるつもりだろうが、そうはいかない。うまくかわして懐に飛び込んだあと、首か、顔の器官を狙う。

ミノタウロスが、腕に力を込めた。

（まだ早すぎよ）

自分が目の前にたどり着く前に刃が地に落ちるタイミングだ。目でモニカの速度を測り切れていない証拠だ。慌てたのだろう。

モニカが気を良くした瞬間だった。背筋に悪寒を感じた。

ミノタウロスの両手から——斧が離れた。投げたのだ。

不気味な風切り音を響かせ、縦に回転しながら飛来する。

「ちっ」

モニカは一瞬で動きを計算する。

右に避ければ、大きな修正はいらない軌道だった。

全力で走りながらも、半歩左足を内側に入れて、右に動きを修正——それが、罠だった。

「ぐっ！」

ミノタウロスがいつの間にか突進してきていた。

今までの動きを遥かに上回る初速。完全に騙《だま》されていた。ミノタウロスは短距離なら、これほど早く動けたのだ。

一瞬、黒い壁が目の前に現れたのだと錯覚した。

敵が移動したのだと気づき、慌てて突き出したレイピアが弾かれて舞う。

獣臭い体に細身が押し付けられた。一瞬で肺の空気が全て漏れた。吸うことができず、足をばたつかせたが無意味だ。

ミノタウロスは太い両腕でモニカを抱き締めていた。

瞬く間に、肩の骨がきしみをあげる。肋骨《ろっこつ》が体の内部で悲鳴を奏で——

「油断しすぎだ」

硬質な響きを伴った声が、ミノタウロスの背中側から届いた。

抱き締められた格好のまま、モニカが倒れこんだ。獣の頭部が、切り飛ばされていた。

「だから言っただろ。死ぬところだったぞ」

サナトはミノタウロスの巻き付いた腕を、容易《たやす》くほどいた。

そのまま、片方の手をモニカに伸ばした。

「あ、ありがと……さすがね……」

引き起こされたモニカに、サナトが小声で囁く。

「先生に対抗心を燃やすのもほどほどにしとけよ」

モニカが瞬時に顔を真っ赤に染め上げた。

「ええっ⁉　なんで分かるわけ⁉」と叫び声を上げる。

「最後だけ無茶な突進だったからな。スピードが命の人間が、真っ直ぐつっ込むか？　それも先生の戦いを見た直後だ。大方、張り合ってやろうとか考えたんだろ。先生、なかなか強いしな」

モニカがぐっと言葉を呑んだ。

サナトが続ける。

「フェイト家でも見た、武器にまとわせる魔法を使ってたみたいだし、色々すごい人みたいだな」

「わ、私だって……真っ直ぐ突っ込むつもりじゃなかったのかもしれないじゃない。目くらましを使って後ろに回るとか、急な方向転換を企んでいたとか……」

「そうなのか？　でも斧が飛んでくる寸前までは、方向を変えるつもりはなかった」

「だから、なんでそんなことが分かるの⁉　考えてること分かるわけ⁉」

「……勘だ。それより……モニカもすごかったぞ」

「え？」

「最初は素早い動きで翻弄《ほんろう》してたじゃないか」

サナトが思い出すように言い、モニカが複雑そうな顔をしてから頬を緩めた。

「もしレイピアの攻撃力が高かったら、倒せていたはずだ。その年齢でミノタウロスと戦えるのは正直すごいと思う」

「あ、ありがと……え？　なに、突然の褒《ほ》め殺し？」

「褒め殺し？　本当に感心してるぞ。俺にはとても真似できん」

「謙遜《けんそん》はいいって。サナトなんか、ミノタウロスを一撃で倒しちゃうじゃない。私だっていつかそうなりたいなあ」

モニカが憧れをにじませて瞳を輝かせる。

しかし、サナトは苦笑いするだけだ。

「さあ、目的は果たしたし、三十一階層に下りるとするか」

「セナードの方は？」

「ばっちりだ。ちゃんと隷属させて、今はミノタウロスの情報をルルカと確認している」

「おぉっ！」

「先生も満足そうだし、モニカも無事だ。これで残った作業は――」

サナトは、とある方向に視線を向けた。

モニカも自然と首を回して確認する。

「誰？　なんか見たことあるような……」

奇妙な黒い服に身を包んだ男が悠然と近づいてきた。

浅黒い肌に金色の瞳、オールバックのくすんだ赤髪。名家に仕える執事のように身のこなしは優雅だが、この空間では異質な印象しか与えない。

男はサナトの側にやって来ると、深く腰を曲げた。

「お久しぶりです。サナト様」

「仕事中に悪いな。バール」

二人の男は、微笑を浮かべて相対した。

第二十二話　無援の牢獄

見慣れない服装の男の登場に、誰もが首を傾げる。

悠然とした歩き方は、数秒前に終わった戦闘の雰囲気を霧散《むさん》させる。

サナトとの関係は。なぜボス部屋に侵入できるのだ。

真っ先に疑問を口にしかけたカルナリアの先手を行くように、サナトが少し大きな声を出した。

「目的は果たしたので、全員を学園に送ります。ボス部屋を突破すると下に進むしかないですが、これ以上は無駄な戦いになる」

サナトはそう言って、セナードとルルカに視線を送った。小さく頷いた二人に満足した顔を浮かべ、軽く手を振った。瞬く間に黒い空間が口を開けた。

渦は不気味に蠢くが、三度目ともなると安全を疑う者はいない。

「先生とモニカも、もう十分でしょ？　まさか、二人で下に進むとか言わないですよね？」

「……もちろんだ」

カルナリアの言葉に、「では、どうぞ入ってください」と、サナトが全員を誘導する。

新たな男の出現に触れないことを訝しく思っているのだろう。カルナリアは露骨に訝しむ視線を送るが、悪魔はどこ吹く風でうっすらと笑みを浮かべるだけだ。

「リリス、みんなを頼むぞ」

「お任せを」

「全員を見届けたら、先に戻って食事の準備でもしていてくれ」

「分かりました……ですが、ご主人様の身に何かあるような場合は……」

リリスが心配そうに眉を寄せる。

サナトが頭を撫《な》でた。

「大丈夫だ。用事を済ませたら、すぐに帰る。そしたら美味しい料理を食べさせてくれ。最近は色々と腕が上がっているから、毎回楽しみなんだ」

「はいっ！」

リリスは主人の期待に応えるように、笑顔を見せて返事をした。

バールに素早く視線を送り、「あとはお願いします」と会釈し、ゲートに身を投げた。

「では、私は予定通り向かってよろしいですか？」

「ああ、頼む」

「スキルを使用しても？」

「……構わん」

しんと静まり返った空間の中央で、バールが微笑を浮かべた。

＊＊＊

バールが移動した先は、暗くじめじめした通路だった。

光苔の量が少なく、視界は狭い。風の通り道がほとんどないのだろう。カビ臭く淀んだ空気に満ちていて、陰鬱《いんうつ》とした雰囲気が一層不安を掻き立てる。

その場所に、二人の冒険者が左右を警戒しながら壁に背を預けていた。こめかみには汗が伝い、呼吸は浅く荒い。

もちろん猿轡《さるぐつわ》も拘束もされていない。助けを呼ぼうと思えばいつでも大声を出せる状況なのに、二人は身を寄せ合うようにして息を潜めていた。

音を立てることが自分達の死に繋がると知っているからだ。

通路の右奥で、何者かの足音が不規則に響いた。

瞬時に顔を強張らせた二人が呼吸を止める。役に立たないと知っている剣の柄に手をかけ、じっと時間をやり過ごす。

音が徐々に遠ざかった。

――助かった。

冒険者のカーンは、気がついた時にはこの不気味な空間に放り出されていた。

地形や特徴を見て、バルベリト迷宮のどこかだろうということはすぐに分かった。

三十階層でイース＝セナードを監視し、場合によっては始末するために待機していたはずなのに、周囲に仲間が見当たらない。

迷宮の中に一人で放り出された場合、時間が経過するほど死が近づく。途切れなく襲い来るモンスターをいずれかわしきれなくなるからだ。

迷宮最上階まで戻る魔法――《ワープ》が使えるメンバーとはぐれた以上、自力で上まで戻るしかない。

だが、ここは何階層だ。疑問に答える仲間はいない。

肉食獣の群れの中に突然放り出されたような、途方もない不安がじりじりと心を焼いた。

戦うべきだ。冷静な頭は即座にそう告げた。

何階層か分からずとも、軽く戦闘をこなせば、経験からある程度の予測はつく。

二十階層より下なら、他のパーティと出会うまで隠密に動いた方がいい。逆に十階層程度なら、無理をしても一人で戻ることができる。

いずれにしてもリスクはある。

カーンは、意を決して動いた。そして、拍子抜けした。

罠や敵に細心の注意を払って数秒後に出会ったのは、よく見知った顔だったからだ。

「おう」

「よっ」

心に広がる安堵とは別に、カーンは内心で舌打ちした。

よりにもよって、パーティで最も仲の良くないロットだった。痩せこけた頬に、大きく開くことのない糸目。

パーティの中で誰かを切り捨てろと言われれば、カーンは即座に彼を指差すだろう。

「命の恩人だから」と、ロットを持ち上げる尊敬すべきリーダーの言葉がなければ、決して近づかない陰気な雰囲気と後ろ向きな発言。酒が飲めず、付き合いも悪い。笑顔など見たこともない。

率直に言えば、嫌いな人間だ。

しかし、背に腹は代えられない。孤立状態は何としても避けるべきだ。

カーンは、「助かったぜ」と頼りにしているとばかりに、笑みを浮かべて言った。

「ロットも、ここがどこか分からないのか？」

陰気な男は相変わらずの表情で、首を縦に振った。

さらに舌打ちしたい気分に駆られたが、ぐっと腹の底に抑え込んだ。

「俺もなんだ。まずは何階層か分かればいいんだが……おっ、あっちに敵の足音が聞こえるな」

カーンはさりげなくロットの視線を誘導しながら、脳内で算段を巡らせる。

協力して突破することが理想だが、危ないときは――

「ここで、こうしてても始まらない。どうする？　一匹でうろついている敵と一当たりしてから考えるか？」

こくんと、ロットが同意した。

カーンが「決まりだな」とつぶやき、「索敵を頼む」とロットに有無を言わさぬ強い視線を送る。

別に自分の意図がばれようと、こいつなら問題ないかと思っていた。

しかし、そんな余計なことに気を取られていられる状況ではないと、カーンは数秒後に知った。

「――なんだあの化け物はっ⁉」

カーンは冷や汗を全身に浮かべ、死に物狂いで走った。

ロットは仕事をこなした。きっちり索敵し、一匹のモンスターを発見した。

それは、ただれた黄色い皮膚を張り付けた人型の敵だった。身長は大人より頭一つ分低く、非力そうに見えた。

しかし、カーンが放った《スプラッシュ》という上級の《水魔法》を難なく耐え、奇声を上げて走り出した瞬間に、これはまずいと反転した。

かなりのＭＰを割いた攻撃魔法が、一瞬の足止めにもならなかった。

「嘘だ」

カーンは焦った声を発する。

上級魔法を足蹴《あしげ》にできるモンスターが二十階層にいるはずがない。

「どうなってるんだ！」

混乱するカーンの隣で、ロットが並走した。

「まさか、三十階層より下じゃないか？」

冷静な表情が癇《かん》に障ったが、カーンも一瞬考えたことだ。

言い返すこともできず、ぐっと唇を噛み締める。

首を回せば、しつこく敵が追ってくるのが見えた。灰色の瞳をぎょろぎょろ動かしながら、気持ちの悪い走り方で迫ってくる。

魔法にだけ強い可能性もある。

頭を必死に冷やし、二人は大きな通路から細い角を曲がろうと決めた。袋小路の可能性もあったが、大通りを音を立てて走り続ければさらに多くの敵を呼び寄せる。

結果は――最悪だった。

袋小路ではなかったものの、曲がった先に同じモンスターが二匹座り込んでいた。地面に転がる茶色い何かを緩慢な動作で口に運んでいる。

二匹が物音に気付いて立ち上がった。剣呑な雰囲気を漂わせ、金切り声を上げて襲い掛かる。

カーンが剣を抜いた。鍛えた一撃が首を飛ばそうと唸りをあげる。

――が、まるで読んでいたかのような動きで敵は前にかがむと、皮鎧で覆った胸に、容赦なく頭突きを放った。

重い一撃だった。

皮膚がぬめっているのか、わずかな水音が胸で聞こえ、体が吹き飛んだ。

肋骨がきしみをあげ、背中に鈍痛が突き抜けた。

何とか受け身をこなし、膝立ちで体を起こし、剣を構えた。

目の前で、唇のない口がくちゃっと開いた。

食い物を見つけた――カーンはそう言ったのだと直感し、背筋を震わせた。

手放さずに済んだ剣を構え、先を二匹の敵の喉元に向けた。

と、カーンの背中に、ロットの背中が当たった。

「追いつかれた」

追いかけてきた一匹も通路に姿を現した。

事実を淡々と告げるロットの口ぶりに辟易しつつも、カーンは焦燥《しょうそう》感を強めた。

さっきの敵の動きは、自分の知っている二十階層あたりでは見られないからだ。

魔法に強く、素早さもカーンを上回る。

助かる手段がないまま、敵は距離を詰めた。

ロットをエサにして後ろを突破するか、そう考えた時だ。

カーンの視線の先、敵の真後ろに赤髪の長身の男が立っていた。

いつの間に、と訝しんだ瞬間、舌なめずりをしていた二匹の敵の首がぐるりと回った。

いや、そんな生易しい動きではなかった。一回転、二回転――男は頭蓋に置いた三本の指先を優しく動かしただけで、頸椎《けいつい》をへし折って回転させたのだ。

止まったように感じた時間が進み出した。どうっと音を立てて、敵が前のめりに倒れた。

背後でロットが息を呑む気配があった。

素早く振り返ると、赤髪の男の背丈より高い土でできた蛇が、敵の頭を口内にくわえ込んでいた。

ごりっという鈍い音が響き、頭部を失った敵が膝から崩れ落ちた。

再び、赤髪の男に視線を戻した。

――誰かは知らないが助かった。近くを通りかかった冒険者か。

奇怪な服装だなと訝しむ気持ちをすべて忘れ、安堵して尋ねた。

「礼を言うぜ……俺らは気づいたらここにいたんだが、ここがどこか知ってるかい？」

それに対し、赤髪の男はくつくつと嫌な笑みを浮かべる。

敵の頭に触れて染みがついた白い手袋を、アイテムボックスに放り投げ、真新しい手袋をゆったりとした動作ではめた。

せめて何か言いやがれ。

カーンは少し苛立って言った。

「あんたも知らないいってことか？」

「知っていますとも。ここは、バルベリト迷宮四十六階層——あなた達にとっては、『無援の牢獄』といったところでしょう。不運なことだ」

男は大げさな身振りで言い、金色の瞳を三日月形に曲げた。

それが死神の笑顔なのだと、知る由《よし》もなかった。

第二十三話　陰と陽

「そろそろご理解いただけましたか？　三度目になりますが、ここはバルベリト迷宮四十六階層——」

「うるせえっ！」

バールと名乗った人間は、嘲笑うかのように壁に背を預けて薄く目を開けた。

暗がりの中で輝く金色の瞳は、ぞっとするほどに美しい。

「カーン、落ち着け」

「これが落ち着いていられるか！」

「カーン！　またあの化け物に会いたいのか」

窘めるロットの手を乱暴に振り払った。

恐怖と混乱に翻弄されながら、カーンはロットの胸倉を掴み上げた。

「四十六階層なんて信じられるかっ！　そんな階層があることすら知らねえぞ！」

「……気持ちは分かる。俺だって初耳だし、行ったこともない階層に突然行けるはずがないと信じたい。だが――あれは、事実だ。あれは……パーティでかかって、ようやく一匹倒せるかって敵だ」

ロットが青白い顔で、離れた場所に倒れ伏す敵の体を指差した。

バールが《彷徨うカフレ》と呼ぶモンスターは、目が利かず数も少ないようだが、物音や臭いに敏感だった。

あの後、二人を挟むように倒れている三匹に続いて、さらに一匹が細い通路に姿を見せた。初めに地面に横たわる死体に不気味な笑みを浮かべ、続いて二人を見てさらに微笑んだ。

《彷徨うカフレ》が何を言いたいかはすぐに分かった。

二人は必死に戦った。

動きを制限される細い通路の中で、派手すぎない魔法を放ち、アイテムでステータスを強化し、剣で切りつけた。

しかし、致命傷を与えるためには、力不足だとまざまざと教えられたのだ。

しかもその敵は、バールが「暇なので散歩に行ってきます」と隣を通り抜けたときに手を振っただけで、爆発したのだ。

カーンが壁に視線を向ければ、グロテスクな飛散物がへばりついている。

「カーン、苛立つのは分かるが、ここは冷静になろう」

「……あいつが嘘をついてるに違いないんだ。で——お前は何がおかしい？」

視界の端の方から漏れ聞こえたバールの笑い声に、カーンが顔を真っ赤にして睨みつけた。

「これは失礼しました。お二人は不運のどん底だというのに、しばらく遠ざかっていた私の勘が変わらず冴《さ》えていることが、嬉しくてしかたなかったのです」

「あ？」

カーンが苛立ちに顔をしかめて、一歩近づいた。

ロットが腕を掴んで止める。

「やめとけ。得体の知れない相手だ」

カーンは言い聞かせるようなロットの言葉にむっとしたが、言ったことは正論だった。ぐっと腹の底に抑え込んで考える。

未だにバールは正体を明かしていない。

冒険者なのか。パーティはどこにいるのか。バルベリト迷宮四十六階層は嘘なのか。目的は何なのか。

聞きたいことは山ほどあるが、目の前の男は一切口を開かない。

しかし、かなり強いことだけは分かっている。ロットよりも、バールを盾にした方が生き延びる確率が高いかもしれない。

「お話しは終わりましたか？　そろそろ交渉を始めたいのですが」

「……交渉だと？」

「何の交渉か知らないが、お断りだ。お前は信用できない」

耳を傾けたカーンとは対照的に、ロットがばっさりと切り捨てた。

バールが軽く肩をすくめ、「ここから助かる方法だとしても？」と目を細める。

しかし、ロットは瞬時に断った。

「交渉する余地はない」

「ロット……」

カーンはロットの返事が性急すぎるように感じて、「おいおい、話くらいなら」と苦笑いを浮かべた。

けれど、ロットの返事はさらにきつくなる。

それどころか、カーンを蔑《さげす》むような目で睨んだ。

「カーン、こいつはどう見ても味方じゃない。《彷徨うカフレ》より危険人物かもしれないぞ。そんなやつの目的も分からない交渉に耳を貸すのか？」

「だが、助かる手段があるなら話くらい聞いてもいいだろうが」

「話にならん。軽率な言動は慎め。今は見逃せないぞ」

「……なんだとっ？　どういう意味だ」

カーンの語気が荒くなった。

ロットが、自分の口を押さえて苦々しい表情を見せた。言ってはまずい言葉だと後悔したのだろう。

みるみるロットに対する不信感が強くなった。

普段から嫌いな人間の一人だが、不思議なほどに怒りが湧いた。ロットが視線を逸らし、しばらくして開き直ったのか、カーンを睨んだ。

「本当のことだろう。お前はいつもリーダーに迷惑をかけてばかりだ」

「このタイミングでいい度胸じゃねえか。そう思ってやがったってことだな」

二人の男が一歩の距離を挟んで相対した。互いに憎悪を燃やした瞳には、この場が危険な場所だということは映っていない。

一触即発の空気が漂う中、バールが痛ましそうな声で言った。

「お二人の仲たがいは望むところではありません。さっさと話しを進めてしまいますね。私は、イース＝セナードという人物の監視を誰から依頼されたのか知りたいだけなのです。知っていることをすべて教えてくだされば、対価としてこちらを差し上げたうえで、この牢獄から抜け出す方法も教えましょう」

バールはそう言って、アイテムボックスから拳大の青い魔石を取り出して地面に置いた。

それだけではなかった。

次々と並べたのは赤、緑、黒の魔石。大きさはまちまちだが、拳二つほどのサイズのものもある。

カーンの頭が一気に冷えた。

素早く金銭価値を計算する。驚くほどの資産だ。危険な冒険者を辞めても裕福な暮らしが送れるほどだ。これほどの大きさのものは見たことがなかった。

依頼主の報酬とバールの魔石。どちらが多いかすぐに分かった。

気づかれないよう静かに唾を呑み込む。

「はっ」

隣のロットが鼻で笑った。

カーンが慌てて首を回すと、冷え切った瞳で魔石を見下ろし、並べられた四つの魔石の一つをブーツのつま先で蹴った。

――俺のものだぞ！

カーンは危うく出かけた言葉をすんでの所で呑み込んだ。代わりに、燃える瞳をその横顔に向けた。

ロットがそれに気づかずにバールを蔑む。

「どこの回し者か知らないが、コソ泥よりひどい。わけの分からない方法でダンジョンに閉じ込めたあげくに、回りくどい仕掛けまで用意して、金で買収とは反吐《へど》が出る。俺を見くびるなよ。世話になった人だ。いくら積まれようが、依頼主は売らねえ。なあ、カーン」

「……えっ？」

カーンはとっさのことに、情けないほど弱々しい声を漏らした。

一瞬にして、ロットの顔が曇った。そして、暗い冷笑が浮かんだ。

——お前は違うよな。金に汚いもんな。

嘲笑う顔だ。貴族がどぶさらいする人間を人間と見ていないような、そんな傲慢な目だ。

口に出さずとも伝わる言葉がある。

それは時に、直接言われるよりも、ナイフで切りつけられるよりも、心の奥底にすうっと切り傷を作るのだ。

カーンの瞳から光が消えた。

今まで嫌いなりにもパーティを組んできた。

リーダーの前ではずっと抑えていた仲間に発するべきでない言葉が、怒りを体現するかのように、腹の底で轟々と音を立てて湧き上がった。

「お前っ——」

カーンは剣の柄に手をかけた。自制心はすべて吹き飛んだ。

心を占めるのは、目の前のロットを切り刻みたいという憎しみのみ。

切って、刺して、這いつくばらせてやる。

暴力に身を任せようと一歩踏み出した。

しかし——実現する前に、ロットが悲鳴を上げた。

いつの間に移動したのか、バールが背後からロットの首の後ろを片方の手で掴んでいた。

ぎりぎりと歯を食いしばって耐えるロットの体を、抵抗を許さずに引きずっていく。

通路を抜け、大通りに出て、空間の奥に。

ロットは暴れた。後ろに蹴りを見舞い、剣を抜いてがむしゃらに突き刺す。だが、バールは涼しい顔のまま防御すらしない。

抵抗する姿は赤ん坊が大人に歯向かうほどに滑稽だった。

「ぎゃぁぁぁあっ」

ロットが絶叫した。鳥の首を絞めたような声が、迷宮に細く長く反響した。

至るところで、ざわりと何かの気配がした。きっと敵だ。

バールがロットの太ももの裏をつま先で蹴った。関節が一つ増えた。両足が折れた人形を掴んでいるかのようだ。

ぐっと体が持ち上がり、さらに悲鳴が続いた。

両腕も折れた。支点を失った腕の先が、ぶらぶらと揺れる。

バールが、「こんなものですかね」と無表情のまま、壊れたロットを数メートル先に放り投げた。

受け身を取れない体が、重く鈍い音を響かせた。

「では、お元気で」

バールがくるりと踵を返した。

カーンは目が離せなかった。

陰から《彷徨うカフレ》が何匹も姿を現した。変わり果てたロットに、警戒しながらじりじりと近づいていく。

そして、一匹が噛みつくと、全員が群がった。

ロットはすぐに犠牲となった。背筋が泡立つほどの大きな咀嚼《そしゃく》音と断末魔の叫びが響いた。

恐ろしい光景だった。

冒険者をしていれば、人の死を目の当たりにすることは多い。しかし、こんな状況は初めての体験だった。凄惨な場面のはずなのに、不思議と目を離したくないのだ。

ざまあみろ。

黒く冷たい心が、全身に広がっていく。

経験のない暗い愉悦に身を委ねた。とても胸がすいた。

「彼は最期まで分からなかったのです」

目の前にやってきたバールは、金色の瞳を強く輝かせながら、カーンを覗き込んだ。

「選択を誤るということが、どれほど恐ろしいことなのかを」

バールの言葉に、カーンは視線を外すことなく頷いた。

魅入《みい》られたように身動き一つしなかった。

「愚かな男は選択を誤り死にました。さて——あなたの選択は？」

カーンは足から全身を震わせた。

圧倒的な気配を前にして、己の意思と無関係に口が開いた。

「俺が知っていることは……すべて話そう——」

第二十四話　当主

セナードが軽く手を上げると、敷地内で警備に当たっていた兵は、狐につまれたような顔をしてから慌てて頭を下げた。

まさか、彼から挨拶が飛んでくるとは思っていなかっただろう。

心が弾んだ。

足取りは軽く、自然と顔が綻びる。心の底で重しとなっていたコンプレックスが消えた彼は、天にも舞い上がらんとする気持ちだった。

隣を歩くルルカが、何度も顔を向けてはくすくすと笑い声を漏らす。

「いいだろ、たまには……」

照れ隠しで不貞腐れた言葉を口にしたが、もちろん棘はない。

わざとらしい仏頂面《ぶっちょうづら》を作るセナードを、ルルカが嬉しそうに見つめた。

「こんなに変わるんだなあ」

そう言ったルルカの声にも明るさが溢れていた。

セナードにとって、イース家の跡取りの証であるミノタウロスを召喚できるようになったことは、これ以上ない誉れだった。

歴代の誰もが召喚し、名家の歴史と共にあるモンスター。

求めてやまなかった物をとうとう手に入れた。ミノタウロスより強いモンスターも存在するとは分かっていても、シンボルとしての価値は大きい。

これを隷属させられてこそ、一人前の大人として家から認識されるのだ。

「まだ扱い方はうまくない。もっと練習しないと」

自分を戒めるセリフを口にしつつ、セナードは腰のあたりでぐっと拳を握り締めた。

イース家の旗印の下で、ミノタウロスと炎爬サラマンダーを自在に操る自分の姿が初めてリアルな実感を伴って想像できた。

学園のメンバー達の手前、抑えていた歓喜が再び大きくなった。

急に飛び跳ねるような子供のような格好悪い真似はしたくない。

けれど、口端が何度も上がる。体が喜びで小刻みに震える。

あとは、父のヘーゲモニアにこの結果を伝えるだけだ。

五年間の期限を守った。これで、すべてが変わるはずなのだ。

「兄さん、最初の壁は突破したけど……サナトさんに手伝ってもらったことは忘れないで」

ルルカが憂《うれ》う口調で言った。

突然、力を手に入れた兄の行く末を心配したのか。それとも有頂天になることを危惧したのかもしれない。

セナードが、「分かってる」と胸を張る。

「今回、僕は何もしてない。『召喚の言葉』も、ミノタウロスを弱らせることも……でも、チャンスは手にした。これから強くなって、自力で迷宮にでも潜れるようになってみせる」

「うん……」

「もう少し……僕に付き合ってくれ」

セナードが声を落とした。

ルルカが驚いたように目を見張り、照れくさそうにそっぽを向く彼の横顔に潤《うる》んだ瞳を向けた。

「本当に変わったね……」

ルルカがわずかに俯いて目頭をぬぐった。

雰囲気に耐えきれなかったのか、セナードが慌てて首を回して背後に視線を向けた。

話題を逸《そ》らすように大きな声で尋ねた。

「サナト、本当にすまないな。決闘を挑んだのは僕の方なのに……」

「いや……家宝を……えっと、《名誉の盾》を切ったのは俺だからな。一応、一言謝罪をした方がいいかと思ってな」

「何度も言うが、父から借りたのは僕だから、君に責任はないぞ」

「俺の気持ちの問題だから、気にしてくれなくていい。それに……セナードはミノタウロスの件を話すんだろ？　第三者の証人がいた方が、安心じゃないか？」

「それは……そうかもしれない。ただ……サナトの活躍話ばかりにならないか心配だ」

セナードは苦笑しながら、「なあ」とルルカに相づちを求めた。

「それくらい我慢しないと」

そう言って屈託のない笑みを浮かべたルルカが、「ところで」と小首を傾けた。

「サナトさん、隣の方も……やっぱりお強いんですか？」

ローブ姿のサナトの隣に立つ男が、ルルカの言葉に切れ長の瞳を細めた。

オールバックの赤髪に、執事服に似た奇怪な黒い服装と白い手袋。

長身から見下ろす体勢で、うっすらと笑みを浮かべて言った。

「それはもう。サナト様の部下の中で最も強いのが私ですから」

「バール、余計な情報だぞ」

「これは失礼しました」

呆れ顔のサナトに、バールがゆっくりと腰を折った。

そこには、はっきりと主従関係が現れていた。

セナードは、「リリスより強いんですか!?」と驚いているルルカを尻目に考える。

途方もない強さのサナトに仕える部下とは一体どれほど強いのだろうか。

サナトはバールの言葉を否定しなかった。

決闘に出てきたアミーよりも少し強い程度だろうか。

だが、数秒考えて首を振った。そもそもサナトが常識を超えているのだ。部下も最上位の冒険者と互角であったとしても驚かない。

それよりも、なぜそんな人間が無名なのかが不思議だ。

バールという名は一度も耳にしたことがない。

——ぞくりと背筋が冷たくなった。

ふと気づくと、バールの視線がセナードに向いていた。

怜悧《れいり》さと冷酷さが共存する宝石のように輝く金色の瞳だ。

バールは面白そうに口端を曲げた。

「ではサナト様、私の話はこの程度にして、そろそろ参りますか？」

「そうだな。ここで当主殿を待たせるのは申し訳ない。セナード、時間は？」

「大丈夫だ。今日は昼から空けてもらっている。父上も待ちわびているはずだ」

「それなら、なおさら急がないとな」

サナトはそう言って、屋敷の白い壁をじっと見つめた。

＊＊＊

イース家の屋敷の最奥には、巨大で絢爛《けんらん》豪華な一室がある。

天井には数々の垂れ幕が下がり、床には足音を響かせない厚いカーペットが敷かれている。

人をもてなすための部屋でも、当主が権力欲を満たすための部屋でもない。

その場所は、鎮魂の間。室内に存在するイース家の霊廟だった。

家名という制度を創設したのは亡きノトエアだが、弱小貴族から成長した家には、それ以前に長い歴史がある。

死に物狂いでハンザ同盟国との戦いを生き抜いたズールード、当時自勢力の倍以上の家を一人で屈服させたラースリヌ。家のために戦い、名を馳《は》せた人物は枚挙に遑《いとま》がない。

ヘーゲモニアは床に並べられた、人間の背丈ほどの白い石像を一つ一つ眺める。

精巧な出来だ。一つ一つがイース家お抱えの彫刻師が魂をかけて作り上げたものだ。

召喚モンスターの像。

綿々と続く歴史の中で、当主の姿像ではなく、当主が最も好んで使ったモンスターを形にして残すのだ。召喚の名家と呼ばれる家ならではの風習だった。

「私のモンスターは何を置くべきか……いや、そんなことを気にする必要はないのか」

ヘーゲモニアはつぶやいて、疲れ切った笑みを浮かべた。

息子のセナードは才能がなかった。そして、二人の兄と妹は素質がなかった。

誰でも良かった。

イース家を背負って立てる強い人間であれば。

我が家の血を引いた統率力を有する者であれば。

「許してくれ、先人達よ。イース家の血は、私で終わりだ。セナードでは、無理なのだ」

ヘーゲモニアは震える唇を噛んだ。

監視を任せた三つの冒険者パーティのうち、すでに二つから情報を得ている。残る一つは突然のキャンセルを告げてきたが、情報に間違いはないだろう。

――セナードがミノタウロスのボス部屋に入り、突破した。

きっと学園の仲間と協力して倒したのだろう。教師が力を貸したのかもしれない。

よくぞ頑張ったと、本当ならば誉めてやるべきだ。

けれど、それができない事情がある。

無為な時間をかけすぎたのだ。そこに至るまでの五年は長すぎた。

本当ならば、中等部のうちに学園の選抜隊に組み込まれ、周囲と切磋琢磨《せっさたくま》しつつ、イース家のバックアップを受けて、数々のモンスターを隷属させておかなければならない時期だ。

どんな状況にも一人で対応できることが、イース家の当主に求められることなのだ。

砂地は苦手。集団戦では逃げ回るしかない。森には不向き。

当主とは家のシンボルであり、強者の象徴だ。敵の条件を選ばなければ勝てない当主に誰が命を預ける。

他家の優秀な人材は、この五年で力を蓄え、セナードの遥か先を歩いていることが耳に届いている。

中には学園にあえて通わせず、ひたすら戦闘訓練を積んでいる家もあるという。負けん気だけではどうにもならない壁がある。

強い個の下には、自然と人が集まる。下心がある者もいるだろう。しかし、集まれば力になることは間違いない。

仮に、セナードがミノタウロスを一匹隷属させられたところで、もう遅い。

それどころか、今そんな話が広まれば、ヘーゲモニアが決断の末に描いた筋書きが崩壊してしまうかもしれない。

イース家は王国の三名家の一つ。

セナードでは、いずれイース家が求心力を失い、瓦解《がかい》するのが目に見えている。

無用な混乱を生じさせるべきではない。無能なセナードはさっさと放逐すべきなのだ。

「『家とは、血に縛られるべきものではない』……ノトエア様が遺した言葉は理解できる。だが……我が子に任せられんとはなんとも歯がゆいものよ」

ヘーゲモニアは入り口近くの壁にかけていたローブを羽織《はお》った。

ミノタウロスをモチーフにしたマークが背に描かれた真っ白なものだ。

「何より重要なのはイース家の存続。我が家が崩壊すれば、傘下の家が混乱し、名家に成りあがろうとする家同士の内乱が始まる。それだけは何があっても阻止せねばならん。だからこそ、外の人間に託すことを許してくれ。息子には任せられん」

ヘーゲモニアは言い訳をするように言って、長い時間、深々と石像に頭を下げた。

ようやく上がった顔には、冷たい表情が張り付いていた。

第二十五話　翻弄される心

執務室に緊張した面持ちのセナードとルルカが入った。

ヘーゲモニアが顔に仮面を張り付けたかのように、無表情で顎をしゃくる。

二人が無言で革張りのソファに座った。ゆったりとしたクッションが静かに受け止める。

「紅茶でいいか？」

「あっ、そんなことは僕が！　父上にしていただくのは！」

慌てて立ち上がりかけたセナードを目で制し、ヘーゲモニアは高級な茶葉を入れたポットに湯をそそぐ。

部屋には湯を沸かす魔道具は備えていない。最初からもてなすつもりだったのだ。

明らかに執事やメイドが行う作業を、当主自らが行うことに、二人は目を白黒させた。

「よく……頑張ったそうだな」

ヘーゲモニアは二人に背を向けたまま、心に刃を突き刺し、声を絞り出した。

冷たい表情の下には、苦渋の顔が浮かんだだろう。

「は、はいっ！」

セナードが腰を浮かせて跳び上がりかけた。

声がひっくり返っている。ヘーゲモニアがなぜその話を知っているのかなど、頭の片隅にもないだろう。

最も欲しかった言葉をかけられた彼の心中は、狂喜乱舞に違いない。

「遠慮せず飲むといい……なかなか手に入らない紅茶だ」

ヘーゲモニアがくるりと振り向き、顔をやや俯かせてテーブルにカップを置いた。

香り高い紅茶の表面から、湯気が細く伸びて消えた。

ヘーゲモニアの顔が上がった。

優しい微笑みだった。

セナードの顔がみるみる紅潮した。そして唇を噛み、手を前で組んだ。震えていた。

「父……上……僕は……」

「お兄様は、ずっと頑張っていたんです！」

ルルカが感極まった表情で訴えた。

ヘーゲモニアは微笑を浮かべたまま、ゆっくりと首を縦に振った。

「そう……だろうな。よく……知っている……」

セナードがこの家で何と呼ばれているか。周囲の名家、力をつける家、そして学園での評判。

ヘーゲモニアの耳に入らないはずがない。

授業を終え、イース家の敷地で必死に鍛錬を積む姿を見なかった日はない。

よくやった。よく頑張った。だがな――

未練を残さないように、切り捨てる言葉を腹の底に溜めた。

お前にはもう期待していない。そう伝えれば終わりだ。

紅茶に映る自分の表情を確認する。

そして、息を呑んだ。

今にも泣き出しそうな顔をしていた。この数年で、こんなに心が揺れたことがあっただろうか。

「……父上？」

セナードの声がかかった。言葉が続かないことを不思議に思ったのだろう。

その一言に、三男として生まれた日から今までの成長の記憶が怒涛《どとう》のように押し寄せた。急な感情の変化に戸惑いつつも、抗うことはできなかった。

厳しく指導した日々。高かった声は低くなり、腰よりも低かった背は伸びた。立派に成長した。

名家を背負って立つプレッシャーは嫌と言うほど知っている。イース家に生まれなければ、一端の大人として周囲に評価されただろう。

不意に、目頭がじんと熱を帯びた。

冷え切ったと思っていた心が融解していく。

これはいけない、と慌てて片方の手を顔に当てた。こんな顔で、息子に最後の言葉を伝えてはいけない。決して当主の顔ではない。

冷徹に、冷酷に。心を深く深く鎮めるのだ。ただイース家の繁栄を願う者として、国家の安寧を願う者として、決断した計画を遂行するしかないのだ。

そのために――セナードには、今日限りでイースの家名を名乗ることを禁ずる。

「くっ……」

だが、出てこない。一言が、喉から上がらない。上がってくるのは、酸《す》っぱい液体だけだ。

胃が鷲掴《わしづか》みされたように縮こまった。肺が機能を忘れて動かない。

やり場のない感情が、体の中で荒れ狂った。助けを求めて、ふと顔を上げた。

目の前にはセナードが、心配そうに眉を寄せていた。死んだ母親の面影を色濃く継いだ顔だった。

「父上、大丈夫ですか？　どこかお体が？」

ヘーゲモニアは、片方の手を挙げて「大丈夫だ」とつぶやいた。いや、声は出なかったかもしれない。

そして、深く息を吐いた。

――私には、言えない。

無理やり押さえつけていた己の感情が、あっという間に大きくなった。

血の繋がった最後の息子に継いでほしいという願いが、嵐のように心を翻弄した。

「五年は長すぎたのだ……成長する前に……私は、当主失格だ」

「父上？」

自嘲したヘーゲモニアの前で、セナードが立ち上がった。

何を勘違いしたのか、部屋の端の方に歩いていくと、アイテムボックスからロッドを取り出して言った。

「父上の心配も分かります。まだまだ頼りないということは、よく分かっています。でも……でも、僕の召喚モンスターを一度見てください。きっと……見ていただければ……」

セナードは長い《召喚の言葉》を紡いだ。

モンスターの種類、個体によって言葉は変わる。ヘーゲモニアは当然聞いたことのない言葉だ。自信に満ちたセナードをぼんやりと眺め、そして目を見開いた。

「これが、僕のミノタウロスです」

照れくさそうに頬をかいたセナードの真横に現れたのは、肌の浅黒いモンスターだった。家のシンボルとも言えるモンスターは、間違いなく『普通の』ミノタウロスではなかった。

バルベリト迷宮における あの部屋で、最も謎の多いもの。

『隷属を許さないミノタウロス』と、歴代の召喚士が匙《さじ》を投げた一匹だった。

体つきも一回り以上大きく、角も立派だ。

ヘーゲモニアが呆気にとられた顔をようやく引き締めると、セナードが頭を下げた。

「父上、すみません。こうやって召喚はできるようになったのですが、正直なところ、こいつはまだ僕の命令を半分ほどしか理解しません。それに……」

セナードが少し悔しそうに顔を歪める。

ルルカが小声で「頑張って」と囁いた。

「このミノタウロスを隷属させられたのは、僕一人の力じゃありません。最初は……イース家の人間として他者の力を借りるなんて恥ずべきことだと思いました。でも、今は違います。力を借りなければ、僕はここに立てなかった……だから、彼には感謝しているのです」

「……彼？」

ヘーゲモニアの言葉に、セナードが小さく笑った。

「手を貸してくれた意地悪な友人です。……ルルカ、入れてやってくれ」

ルルカがゆっくりと部屋の扉に近づき、外にいた人間を呼び込んだ。

セナードが、再びヘーゲモニアに頭を下げた。

「お許しもなく、勝手なことをしてすみません。でも、この際に紹介をしておきたかったんです」

その言葉と共に入室したのは、灰色のローブに身を包んだ黒髪の男と、奇妙な執事服を見事に着こなした赤髪の男だった。

＊＊＊

——数分前に遡《さかのぼ》る。

廊下で待つサナトとバールは、ルーティアを介して会話を交していた。

セナードの大切な時間に、間違っても余計な音を響かせるわけにいかないという理由と、悪魔という単語が飛び交う危険な会話を誰にも聞かせるわけにいかない、という理由で。

『アミーは、セナードが使った《名誉の盾》から悪魔の臭いがすると言っていたが、どうだ？』

『間違いないでしょう。さきほど確認しましたが、鼻が利く私には、はっきりと分かります。確かに悪魔が彼の周囲にいるのでしょう』

『悪魔が、人助けのために人間と契約している可能性は？』

『あり得ません。悪魔とは利己的な存在です。自分よりも弱い存在を手助けする酔狂な悪魔などおりません。何らかの対価があるから動くのです』

『そうだよ、マスター。悪魔が人助けって……』

バールが鼻で笑い、ルーティアが割って入った。

サナトが思案げに腕組みをして壁に背を預け、何かに気づいた。

バールが壁を見つめながら不快げに片方の目を眇《すが》めていた。

『どうした？』

『ご指示の通りヘーゲモニアの《精神操作》の痕跡《こんせき》を調査したのですが……私のスキルの効果が薄いですね』

『薄い？』

『私の前に、おそらく何度も使用されたのでしょう。このスキルは使用するほどに相手の抵抗力が高まるため、《精神操作》が効きづらいのだと思います。ここまで抵抗力が上がっているところを見ると……違和感を一切抱かないよう、薄く積み重ねるような使い方をしたと思われますが……サナト様、少々力を込めてもよろしいですか？』

『それで何とかなるか？』

『問題ございません。対象が壊れない程度に、現在の効果を圧壊させせます』

『では、頼む』

バールは頷いて、壁に向き片方の手の指を当てた。

軽く目を見開き、『完了しました』と事務的に告げる。

『終わったのか？』

『はい。準備にかなり時間をかけたようですが、これで徒労に終わりました。ただ、悪魔が関与した可能性は濃厚になりました』

『となると介入するという方針は変わらないか』

『放っておいても良いとは思いますが、多少いたぶる相手が強いのは嬉しいですね』

『バールはまたそれ……あんた、連れていった冒険者にひどいことしたんでしょ？　あんたの力なら、魅了してすぐ聞き出せるはずなのに、すごい時間かかったじゃない』

咎めるルーティアの言葉に、バールが肩を軽くすくめた。

『目的は情報を得ることです。私はきちんと依頼元を特定しました。ルーティア殿に責められる筋合いはありません。心の底で反目する二人を陰から煽《あお》りながら、決定的な争いが生じた場面で一方を蹂躙し、残りを懐柔《かいじゅう》する。暗い感情が芽生える瞬間を見られる、素晴らしい見世物でした』

バールがうっとりと目を細める。

サナトが小さくため息をついて言った。

『お前のやり方はともかく、さっきから壁越しに見ている限り、ヘーゲモニアは苦しんでいるように見えるな』

サナトが首を回し、目を細めた。《神格眼》は難なく壁を貫通して視界を得ている。

ヘーゲモニアの姿は、苦渋の決断に苦しむ権力者そのものだ。

『詳細は分かりませんが、《精神操作》はさしずめ、セナードへの愛着をなくす、とかでしょう』

『放ってはおけんな……お前が探知できる範囲に悪魔の影はあるか？』

『ございません。所どころに残り香はありますが、最近の物ではないですね。わずかな臭いです。今までの中では盾が最もはっきり分かります』

『ということは、今すぐやり合うことはなさそうか。リリスは呼ばなくて大丈夫そうだな』

『いずれにせよ、私一人で十分かと思いますが』

『バール、敵を甘く見るなと言っただろう。全力で潰してから笑え』

『ふふふ……おっしゃる通りです』

サナトが、「やれやれ」とばかりに片目を閉じた。

そして、片方の手を挙げた。それは出番が近いというサイン。

『セナードが予定通り、ミノタウロスを召喚した』

『マスター、どうするの？』

ルーティアが窺うように尋ねた。

サナトが数秒考えこみ、顔を上げた。

『聞きたいことは色々あるが、とりあえずは、イース家の計画を教えてもらうことだな。家人達は、イースの名を剥奪《はくだつ》されたセナードが近いうちに放逐される、と言っているということで間違いないか？』

『耳に届く会話はその通りです』

『……それってどんな感じで話してるの？』

『世間話のように軽いものです。ただ、一部はセナードに同情、期待する言葉も聞こえます』

『つまり、既定路線としては、セナードはもう必要ないということだ。では、このイース家の跡取りは誰になるのか。《召喚魔法》が使えないルルカを除外すれば……そのあたりが悪魔と絡んでいるのか……』

『ご推察通りかと。弱みにつけ込むのが悪魔の常套手段ですので』

『……自分でそれ言う？』

ルーティアの呆れ果てた声が終わると同時に、重厚な木製の扉が小さな音を立てて開かれた。

部屋の奥から、ルルカが「どうぞ」と小声で伝える。

サナトが姿勢を正して進み、バールがその後ろに続いた。

第二十六話　ご自由に

呆気に取られるヘーゲモニアに向けて、サナトは深々と頭を下げた。

「彼は、サナト。学園の友人です」

セナードの簡単な紹介に、ヘーゲモニアが目を細めた。

サナトの態度は変わらない。

「息子の紹介であるがゆえに、一般人が約束なく屋敷に足を踏み入れたことには目をつぶるとするが……君が、息子の手伝いをしたと？」

「正確には、ルルカさんの依頼をこなしたというところです」

「ほう……」

サナトの側にセナードが慌てて駆け寄った。しかし、ヘーゲモニアがそれを目で制して、ソファに座れと、手で示した。

緊張の面持ちを浮かべるセナードとルルカを横目に、ヘーゲモニアはサナトに鋭い視線を向けた。

「サナト、という名は聞いたことがある。フェイト家の推薦を受けて入学した新入生だと認識しているが合っているかな？」

「間違いありません」

「君は、セナードに決闘を挑んだと聞いたが……事実かね？」

険悪な雰囲気を漂わせたヘーゲモニアの言葉に、顔を真っ青に染めたセナードが立ち上がった。

「父上っ！　違います！　それは僕がっ！」

「黙りなさい」

「父上っ！　本当なんです！　サナトは受けざるを――」

「黙りなさいと言ったはずだ」

氷のような冷たい返しに、セナードが息を呑んだ。

ヘーゲモニアの中で、例の決闘がどう処理されたのかを思い知った。

サナトが挑み、セナードがしぶしぶ受けた。

そして結果は――

「引き分けに終わったと聞いたが、腕に自信があるからと危険な決闘を挑むのは慎んでもらいたい。どちらにも怪我がなかったのは運が良かったがな」

悪びれることなく、ヘーゲモニアはそう口にした。

それどころかサナトの非を責める言葉に、セナードが気色を失った。

「名家に決闘を挑むことがいかに危険かは、さすがに知っているだろう。君は家名を持っていないはず。イース家の気分次第で、即座に国外追放処分もあり得るということは、肝に銘じておき給え」

鼻を鳴らし、憤《いきどお》った視線を送るヘーゲモニア。

がらりと雰囲気を変えた態度は、当主として家を守るためのものだ。負けたという事実をもみ消そうという思惑がはっきりと見えた。

「で、君がわざわざここまで来た目的はなんだね？」

言外に、「金でも欲しいのか？」と言わんばかりの態度はあまりにひどい。

セナードとルルカが顔を引きつらせて同時に立ち上がりかけた。

しかし――

数秒早く、刃のような危うい空気が彼らをその場に留めた。

「……想像以上にめんどくさいことになったな。貴族はこれだから……リリスを連れて来なくて良かった」

サナトは低い声で言い、ため息をついた。

「セナード、あの盾を出してくれ」

突然、雰囲気が変わったサナトの行動に、ヘーゲモニアが黙り込む。

セナードが、ぎくしゃくとした動きでテーブルに真っ二つになった《名誉の盾》を置いた。

「これは……」

ヘーゲモニアが目を見開いた。まるで、最初から分割されていたかのような盾は、確かにイース家の家宝である召喚士を守るための防具だった。

同時に――部屋が黒く塗り潰された。

セナードとルルカが戦々恐々の顔で固まり、豪華な絵画や置物の色が暗闇に呑まれて色を変えた。

「な、なんだ!?」

「心配しなくとも、俺達以外の時間を止めただけです」

「時間を止めただと⁉」

「難しいことじゃない」

狼狽《ろうばい》するヘーゲモニアに、サナトが冷めた声で言う。

背後に立つ赤髪の男が、くつくつと笑い声を噛み殺している。

「ここまで失礼な真似をするつもりはなかったのですが、予想以上にあなたが強硬な態度だったので、さっさと目的を果たそうと思いましてね。力で押さえつけるつもりなら、徹底的に抗いますよ。最初に言っておきますが、俺は別に決闘に勝ったからと、強請《ゆす》る気もなければ、周囲に言いふらすつもりもない。イース家がどうなろうと興味もない。兄想いの妹の願いを少し叶える過程で、たまたま決闘に至っただけで、それ以上のことを考えてもいない」

サナトは大きなため息をつきつつ、必死に冷静を装うヘーゲモニアに視線を向けた。

「俺が知りたいのは、二つだけ。この盾をどういった経緯で手に入れたのか、最近誰かに渡したことはないかということと、セナードを追放した後の筋書きを知りたいんです。誰を後釜に据えるつもりなんですか？」

冷静に告げるサナトに対し、ヘーゲモニアが顔色を変えた。

「なぜ、それを――」

「なぜ、どうして、は無駄な時間です。知ったから知っている。それに一つ忘れていますよ。俺は今――セナードとルルカを人質に捕ったも同然の状況です。もしあなたが望むなら、一生この世界に閉じ込めることだってできる」

サナトがゆっくりと口端を上げ、ヘーゲモニアがごくりと喉を鳴らした。

「もう一度だけ聞きます。まず盾だ。あれはイース家に代々伝わるもので間違いないですか？」

「そうだ……」

「最近、誰かに渡したことは？　もちろんセナード以外ですよ」

「……新しい力を付け加えられるからと言われて、渡した」

「誰に？」

「素性は知らんが、腕のいい鍛冶師だ」

「なるほど」

サナトが顎に手を当てて考え込む。「まあ、あり得るか」と一人納得し、「では」と口を開いた。

「セナードの後釜に据える人間は誰ですか？」

「それは……」

ヘーゲモニアが言い淀む。

フェイト家とメラン家のトップ、イース家の一部の幹部にしか明かしていない内容だ。こんな年端もいかない青年に話してしまえるはずがない。

だが、得体の知れない不安が押し寄せる。足下に暗い闇が蠢いているように見える。

正体不明の強迫観念がざわざわと音を立てて心に取り付く。

セナードとルルカに視線を向けた。

物言わぬ彫像だ。時間を止めるなどあってはならないスキルだ。こんなスキルがあれば世界の常識が一変してしまう。

しかし、時を切り取ったかのような二人の姿はサナトの言葉を雄弁に物語っている。

もしサナトが二人を殺そうと思えば、抵抗する術はないだろう。子供ですら暗殺が可能だ。

ヘーゲモニアは顔を強張らせて言った。

「……アルシュナだ。学園の理事会の一人だ」

「アルシュナ？　知り合いですか？」

「彼は……自分を売り込んできた。ちょうど、セナードが迷宮に初めて入って隷属の儀式を失敗したときだ。私は……四年考えて、彼に譲ると決めた。才能に溢れた人材だ。セナードがもう一度チャンスを求めて迷宮に潜ることは分かっていた。そして——失敗すると同時に、対外的に発表するつもりだった」

「なるほど。まあだいたい事情は分かりました。学園に君臨するくらいだから家を背負えるほどに強いんでしょう。俺はよく知りませんが」

ヘーゲモニアが苦渋の表情を浮かべた。

サナトがそれを見て苦笑する。

「譲ると決めたと言った割には、悲愴な顔をしてますね」

「君に何が分かる」

「分かる、なんて軽々しく言うつもりはありませんよ」

サナトがふっと表情を緩める。

「けれど、予想はできる。親が自分の跡を子に譲りたいって思うことは不思議じゃないですから。それが、権力や歴史を有する地位ならなおさらだ。それにもう一つ予想できることがある」

「……なんだね？」

「あなたは、最初からセナードの限界値を測ったつもりでいる」

「どういう意味だ？」

「当主になるには力が足りない――そう決めつけていると言ってるんです」

「私は数々の人間を見てきた。多少のずれはあれど、その見立てが大きく外れたことはない」

「そういう例に出会ったことがないだけでしょう。世の中にはある日突然強くなる人間も、才能を開花させる人間もいる」

サナトは膝に手を置き、ゆっくりと立ち上がった。

「親が子に期待しないで誰が期待するんですか？」

「詭弁《きべん》だ。私は現当主として未来を視ている。セナードでは……」

「それが本音ですか？　名家の当主は自分の子に託す自由もないんですね」

「なんだと？」

「やっぱり貴族はめんどくさいな。俺なら、迷わず子に託しますよ」

「無責任すぎる。その後のことを考えれば、セナードではいずれ家が崩壊する」

ヘーゲモニアは、そう言って俯いた。

サナトが「やれやれ」と小さく笑う。

「未来を悲観するだけで、セナードの可能性を一切信じないことは——親の無責任じゃないんですか？　全力でやれることをやった結果ですか？」

ヘーゲモニアの顔が勢いよく上がった。瞳は驚きに見開かれている。

「あなたはレベルも高く、ちゃんと生きている。セナードと暮らせる時間がたっぷりある。可能性を諦めて悲観するくらいなら、息子を強くするために、いくらでもやりようはあると思いますけどね」

「それは……言う……通りかもしれない。確かに……私はずっと傍観者でいた。なぜかそうでなければならないと……私自身がセナードを鍛えることを、あの時に諦めてしまっていたかもしれん。だが……それに気づいたのは、本当についさっきなのだ。自分でも不思議だ……」

「そうですか……まあ、色々言いましたけど、諦めるのも期待するのも好きにすればいい。イース家の跡取りが誰になろうと、さほど興味もない」

「興味がないと言うなら、なぜセナードに助け舟を出すような真似をする」

「ただの勘ですよ。アルシュナがイース家の当主になると……色々と厄介事になる気がしましてね」

サナトは悩ましげに考え込み、右手を横に振った。

わずかに温もりを保つ紅茶から湯気が立ち上り、場の人間の気配が増えた。

止まった世界が時を刻み始めた。

セナードとルルカが、はらはらした様子で、二人の成り行きを見守っている。

「大丈夫だ」と軽く手を上げたサナトはヘーゲモニアに折り目正しく頭を下げた。

「ということで、情報ありがとうございます。忠告はしましたので、あとはご自由に」

「……ひどい人間だな、君は。私の気持ちをずたずたにしておいて」

「あなたの出方次第では、もう少しソフトにお伝えするつもりでしたよ。それに、眠っていた気持ちにぎりぎりで気づけたことを喜んでください」

サナトは身を翻した。

「あとは、ゆっくり話しあってくれ」と事態を呑み込めずに混乱するセナードに告げて、軽い足取りで扉を押し開けた。

そして、「あっ」とつぶやき首を回した。視線は憑き物が落ちたような顔のヘーゲモニアに向いている。

「セナードの負けず嫌いも捨てたものじゃないですよ。これからきっと強くなるでしょう」

「余計な世話だ」

ヘーゲモニアが不愉快そうに眉を寄せた。

サナトが、「出すぎた口でした」と笑い、扉を閉めた。

第二十七話　たまには

『マスター、セナードとルルカは話を全然聞いてないけど良かったの？』

「それでいいんだ。あの会話を二人に聞かせることほど酷なことはない。時間が動き出したあとは混乱するだろうが、そのあたりは任せればいい。それに……灰色の人間が後釜に座るよりはセナードの方がいいだろうと思って言ったが、本当はどっちがいいかなんて誰にも分からない。あとはヘーゲモニアが判断することだ」

「サナト様がおっしゃる通りです。些事《さじ》は、当事者に決めさせれば良いのです」

『でも、あのヘーゲモニアって人は心の中ではもう決めてたんでしょ？』

「悪魔の影響はあっただろうが……あれは決心したというより、そう思い込もうとしているだけだと思う」

『どうして？』

ルーティアが不思議そうに問いかける。

バールが小ばかにした表情で口を開きかけたが、気づいたサナトが厳しい視線で黙らせる。

そして、やるせない顔で言った。

「心の底からセナードを追放したいなら、どうして決闘の結果をかばうと思う？」

『……ん？』

「家を守るためという理由もあるかもしれない。だが、それこそ『無能な息子だから負けた』と吹聴すればいいだけだ。無理に引き分けにして、セナードの名誉を守る必要はないだろ？」

『あっ、そっか……』

「ヘーゲモニアは、息子の監視まで頼んだ一方で、俺との決闘では擁護しようとした。矛盾してるんだ。きっと、本心はセナードに跡を継いで欲しいと願っているはずだ」

「サナト様に対し、向こうの打った手は悪手でしたがね」

バールがサナトに意味深長な視線を送って楽しそうに笑う。

「まあ、そういうことだ。本当は盾の件を皮切りに、顔つなぎだけして、別の機会に問いただそうと思っていたんだが……決闘そのものを捻《ね》じ曲げるつもりだと分かった瞬間に、対応を変えた。どうりで決闘の時に観客がゼロだったわけだ。風評や噂話までコントロールしてしまいそうで、名家の圧力ってのは怖いな」

「くくく、サナト様が怖いなどと。何もかも魔法で吹き飛ばせる方が、噂話など恐れるものではありますまい」

「……さらにひどい噂が広がるだろうが」

サナトが、「バカを言うな」と首を振った。

ようやく見えた門をくぐり、衛兵に軽く会釈して外に出た。

ルーティアが言う。

『マスター、お話しに出てきたアルシュナって人のことはどうするの？』

「てっとり早いのは、本人を締め上げることなんだが……」

「その役目、是非このバールにお任せを。少しは楽しめそうです」

「お前に任せたら、次の日から俺の風評が散々になる未来しか見えん。しばらく警戒しつつ静観だな。なにせ、アルシュナ自身が悪魔と繋がっている証拠が何もない。一生徒が会いに行くのもおかしいしな。下手につついて、学園を戦場にするような事態は避けたい。だが――」

サナトが腕組みをして考え込む。

どんな命令が下るのかと、珍しく瞳を輝かせるバールが、今か今かとサナトの言葉を待っている。

しかし、「やはり、まだ早いな」というセリフに残念そうに肩を落とした。

「学園の理事会なら、そのうち出会うこともあるだろう。どんな人間かくらいは、カルナリア先生に軽く当たってもいい。とりあえず今は――リリスのもとへ帰るとしよう」

『そうだね。きっと待ちわびてると思う』

ルーティアが優しい声色で言った。

サナトがゲートを作り、暗い空間に足を踏み入れる。瞬く間にサナトとバールを呑み込んだ闇は、その場にいた痕跡を残すことなく消え去った。

＊＊＊

ディーランド王国で三指に入ると言われる宿屋の入り口で、サナトは帰宅を告げた。

受付の手続きはすべて省略され、顔を見ただけで「お帰りなさいませ」と品の良さそうな女性が頭を下げた。

背後に立つバールにわずかに視線を向けたが、サナトは宿で最も高い部屋を使用する得意客だ。問題ないだろうと判断したのか、素性を確認することはない。

サナトは学園に通って以来、一貫してこの宿を使い続けている。

ルーティアが実体化することを考えてもメンバーはサナトとリリスの三人。広い部屋は必要ないのだが、フェイト家から「学園に通う以上は、余計な諍いに巻き込まれないよう、警備のしっかりした場所で」というアドバイスを受けて選んだ宿だ。

元々はフェイト家の屋敷の一室を貸すという話だったが、サナトは断った。

何かの拍子にお姫様のような恰好のルーティアを見られれば、あらぬ誤解を受けるだろうし、悪魔を従えていることで、アズリーやフェイト家に無用なトラブルを与えることを恐れたのだ。

「お帰りなさいませ、ご主人様！」

花のような笑みを浮かべたリリスが出迎えた。腰のあたりがすぼまった黒いワンピース姿だ。ポニーテールを解いて下ろした髪が、頭を下げたと同時に絹糸のように流れた。

室内にはふんわりと料理の良い香りが漂っている。

どこかで嗅いだ匂い――ポトフのものだとサナトは気づく。

「ただいま、リリス」

「お怪我はありませんか？」

後ろに回ったリリスが、サナトが羽織る灰色のローブを肩から外し、壁のハンガーにかける。

「大丈夫だ。あれから変わったことは？」

「モニカさんが、リリアーヌさんに真剣な顔で何か詰め寄っていましたけど……聞かない方が良さそうな雰囲気だったので、私は場を離れました」

「……よく分からんが、たぶんそれが正解な気がする」

「それと、ギルドのエティルさんが先ほどいらっしゃいました。新しい依頼があるそうで……王国の西端に棲《す》む竜を調査してほしいと」

「竜？　そんなのいるのか？」

「私も聞いたことがないのですが……詳しい依頼書を、ご主人様と見てくださいとのことでした」

リリスが困惑顔で見上げた。

難しい顔をしていたサナトがそれに気づき、微笑しながらリリスの頭に手を置いた。

「そんなに心配しなくても大丈夫だ。竜と言っても、サラマンダーのようなやつもいる。おそらく土蜥蜴の亜種といったところだろ」

迷宮で出会った、途方もない強さを持つと思われる白い竜が頭に浮かぶ。

もしも思い描く桁外れの竜が地上に一匹でも存在すれば、この世界はとうに終焉《しゅうえん》を迎えているはずだ。サナトは脳裏に浮かんだ姿を、「あり得ない」と素早く振り払った。

「ところで、この匂いはスープか？」

「分かりますか？　実は……学園の食堂で出てるスープを再現してみました。ご主人様が、美味しそうに飲んでいらしたので、無理を言って料理長さんに作り方を聞いてきました。エルフさんでしたけど、とても優しい方でした」

リリスが照れくさそうに俯きながら、「ちょっと頑張りました」と控えめなアピールをした。

サナトが、「ありがとう」とゆっくり頭を撫《な》でた。

「宿に無理を言って、キッチンを用意してもらったかいがあるな」

「本当に……色々練習させてもらってます。こんなに料理の種類があったんだと驚いてばかりです」

「俺も、肉を焼くしかなかったころとは雲泥《うんでい》の差だ。リリスに任せてばかりじゃ悪いから、俺も何か作るか。簡単に作れるもの……ジャーマンポテトとかどうだ？　知ってるか？」

「いえ、存じません」

「いや、待てよ……ポトフと材料が被るから良くないか……」

「うーん」と考え込むサナトを、リリスが幸せそうに見つめながら言った。

「私は、そのジャーマンポテトというものを食べてみたいです。ご主人様の料理は知らないものばかりですから」

「そうか？　なら、そうするか。レンジがあればもっと早く作れるんだが」

「レンジ？」

「まあ、火を通す道具に似たもの……かな」

「必要ならば、市場で手に入れてきましょうか？」

「いや……たぶんないと思う。珍しい道具だからな」

歯切れの悪い言葉に、リリスが首を傾げた。

と、その場に白い光が集まり始めた。ルーティアが実体化したのだ。

白いボールガウンドレスに真っ白な肌。輝くような銀色の髪をなびかせ、「私もそれ食べてみたいから、手伝う！」と無邪気に笑う。

湯気を立てるスープの鍋の上で、すうっと息を吸い込み、目を輝かせる。

「これ、絶対おいしいやつだ！」

ルーティアは胸の前で手を合わせ、中をぐっと覗き込んだ。

しかし、その顔が――バールの一言で凍り付いた。

「しばらく見ないうちに、成長した様子ですね。臭いがきつくて鼻が曲がりそうだ。そろそろご自分の役割を思い出したのでは？」

バールが嫌らしく嗤う。

サナトの、「役割？」とつぶやいた声が、煮える鍋の音の隙間を縫うようにして木霊《こだま》した。

途端、ルーティアが目に見えて狼狽した。

サナトとリリスが視線を向けると、あたふたと両手を振って、後ずさった。

「な、なんの話かな？」

「いや、それは俺が聞きたいんだが、役割とは何だ？」

「おや？　ルーティア殿はまだサナト様に話していないのですか？　さすがにそこまで成長したのなら――」

「バール、ちょっと黙って！」

ルーティアがどすどすと大きな足音を響かせ、バールに近づく。

そして、「あっ」という声と共に、首を回してサナトに言う。

「えーっと……ちょ、ちょっと外に出てくるから……マスターはリリスと一緒にご飯食べてて。しばらく戻らないから！　きょ、今日はご飯いらないから！」

「それは別に構わないが……食べたかったんじゃなかったのか？」

サナトが言い終わらないうちに、ルーティアがバールの手を取って無理やり引っ張った。

端整な目が吊り上がり、「余計なことをしゃべるな」と言わんばかりの顔で、バールを牽制《けんせい》している。

「じゃ、じゃあ、行ってくるねー」

「私は、あなたと話すことなどないのですが」

「つべこべ言わずに、さっさと来なさい！」

「本当に、めんどうなことだ。余計な一言でした」

「ほんと、余計よ！　ほらっ、早く！」

「はいはい……」

バールがうんざりした顔を見せた。

余程、嫌なのだろう。いつもぴんと伸びている背筋が、しんなりと曲がっている。

ルーティアが荒々しく扉を開け放ち、対照的な白と黒の衣装をまとう二人は廊下に消えた。

事態が呑み込めないサナトとリリスが、顔を見合わせた。

「一体、何の話でしょう？」

「さあな……」

「あの二人、仲が悪いのでケンカにならないでしょうか？」

「なんとなくだが……ならないような気がする。バールにメリットがなさそうだし」

「ですよね……」

リリスが小さく安堵の息を漏らした。

数秒の沈黙。

「あの」と前置きしたリリスは、視線を足下に落として、そっとサナトの指先を握った。

サナトが隣に視線を落とすと、間近にほんのり染まったうなじがあった。鼓動が跳ねた。

知ってか知らでか、リリスが消え入りそうな声で言う。

「その……二人だけは久しぶり……ですね」

「そう……だな……しばらく……帰ってこなさそうだしな」

サナトの手が、リリスの握った手を開かせ、指から手の平を合わせた。

ぎゅっと力を入れると、合わせるように強く握り返す。細く華奢な手。じんわりと指先の体温が伝わる。

リリスの脈が、どんどん速くなる。

「食事は急ぐか？」

サナトの確認に、リリスが無言で首を振る。

「……久しぶりに文字の練習をするか？」

リリスが、再び首を振った。

サナトの体内を熱が駆けた。握った手に一層力が入る。

「じゃあ……二人で、のんびりするか」

リリスが、こくんと小さく頷いた。視線を合わせないまま数歩移動する。

サナトの前に回ってゆっくりと顔を上げた。上気した顔に、潤んだアメジストの瞳。

半開きの薄い唇が、何かを言いたげに小さく吐息を漏らした。

けれど、言葉にはならない。一層、顔を赤らめて俯く。

サナトがその頬を愛おしそうに撫《な》でた。

「たまには……いいよな」

「……いいと……思います」

儚い声が耳朶《じだ》を打つ。

サナトは軽く腰を曲げて、リリスの細い体を強く抱き締めた。

第二十八話　闖入者《ちんにゅうしゃ》

大通りに場違いな真っ白なドレスに身を包む少女が、わき目も振らずに進む。

軒先に並ぶ武器はもちろん、アクセサリーや食料品の店にも露ほども興味がないらしい。

美しい装いに、整った顔立ち。すれ違った冒険者達が、「見たことないな」と首を傾げつつ目を奪われている。

凛とした佇《たたず》まいは緊張感の裏返しだろう。

その一歩後ろを歩くのは、黒いスーツにネクタイを締めた長身の男。くすんだ赤髪をオールバックに固め、姿勢正しく歩く様は、高貴な身分に仕える執事そのもの。

しかし、その身なりや雰囲気とは裏腹に、表情にはやる気も生気も見られない。

顔にはありありと、めんどくささが浮かび、ため息をついている。

痺れを切らした悪魔が、ぶっきらぼうな口調で言った。

「どこまで行くのですか？」

「適当な場所に移動するに決まってるでしょ」

ルーティアの固い返事に、バールが疲れ切った表情を見せる。

「それならそうと言ってください。無駄に歩くくらいなら、《時間停止》を使ってここで話しても良いですし、私が適当な場所に飛ばしてもいい。できることなら、あなただけ世界の果てにでも飛ばしたいところですが……」

「さっきのあれは何なの」

バールの皮肉をさらりとかわし、ルーティアが非難の目を向ける。

なぜ話した。そう物語る金色の双眸が歪む。

サナトの前に初めて実体化した時には暗かった色が、今はらんらんと輝いている。

バールが鼻で笑った。

「私が言おうと言うまいと、その目を見ればサナト様はいずれ気づきますよ。世界に君臨する強者が持つ目だ。出会った当初はあまりの弱々しさで本物かと疑わざるを得ませんでしたが、今は膨大

な力をはっきり感じます。もしかすると……サナト様はすでにお気づきかもしれない」

「私は自分でタイミングを考えているから、余計な事を言わなくていい」

「その点は確かに……口が滑ったことは認めます。ちょっとした小芝居を見られて気分が良かったのですよ」

軽薄に笑うバールを、ルーティアが睨みつける。

「話は終わりですね」と背を向けかけた悪魔に、「まだよ」と鋭く声を放った。

「怖い目ですね。要件は何ですか？　まあ、場を離そうとしたことで大方予想はつきますが」

「……マスターとの《悪魔召喚》を解除しなさい。そして、魔界に帰りなさい。リリスも、私もいる。あなたの力は必要ないわ。ここは第一級悪魔が存在していい世界じゃない」

ルーティアは普段とは別人のような命令口調で告げた。端整な眉が吊り上がり、口は一文字に引き結んでいる。

絶対的強者の雰囲気を漂わせる彼女の言葉に――バールは、低く笑い声を漏らした。

「――だと思いました。お断りです。希少なお方だ。最底辺から頂点を見た方の魂は何色をしているのか、どんな苦悩を経験したのか。どんな味なのか。それを手にするのは私です。譲りませんよ」

「譲れなんて言ってないわ。手を引きなさいと言ったのよ」

ルーティアが柳眉《りゅうび》を逆立てる。しかし、バールはさらに笑みを深める。

「少し遅かったですね。サナト様が私を殺す際に、あなたの体が万全で、記憶が封印されていなければ、《悪魔召喚》を付与できなかったでしょう。ただの勘ですが……上書き世界に堕ちたばかりの、あなたの破天荒な性格を鑑《かんが》みるに、むしろサナト様に召喚を勧めたのではないですか？」

ぐっと唇を噛むルーティアを見て、悪魔がにやりと笑う。

「図星ですか。知らないとは恐ろしいことだ。であれば、なおさら私が非難される筋合いはありません。サナト様が選択し、私を召喚した。今さら《悪魔召喚》を取り消せなど身勝手にも程がある」

「……どうしても、手を引かないのね？」

「引きません、と言ったら？」

ルーティアが金色の瞳に硬質な輝きを灯した。

幼く見えた表情が、一気に大人びる。銀髪がふわりと波打った――かと思えば、見えない何かが放射状に走り抜けた。

地面が突風を受けたかのように砂埃《すなぼこり》を舞い上がらせ、木造の建物がミシミシと悲鳴を上げる。

冷たい声が響いた。

「何としても、引かせるわ。マスターの未来は奪わせない」

対して、バールは片方の手をポケットに突っ込むと、突風に煽られてはらりと落ちた前髪を乱暴にかき上げた。

「やれやれ、私にやり合うメリットは皆無なのですが……意気込みは買いますが、今のあなたにできますかね？　互いに、世界に『楔《くさび》』を持つ者同士……前提条件が互角とはいえ、私をそこらの低級悪魔と同類に考えないことです。それに、あなたが消滅すれば、サナト様を救うことも、本来の役割も果たせなくなりますよ」

「分かってるわ……」

「致し方ありませんね。とりあえず場所を変えることには？　結果がどうなろうと、互いに主人の不興を買うのは避けたいと思いますが」

「賛成よ。ここだと巻き添えが多すぎるわ」

「では移動するとしましょう」

そう言ったバールは空間にゲートを開いた。

不規則に蠢く渦の中に、二人が言葉なく身を投げた。

＊＊＊

「これは予想外」

ゲートから出た瞬間に、バールが上を見た。

透き通った青空の中に、鳥と思しき生き物が青空を渡っている。

「おっと！」

バールが全身を緊張させ、強く大地を蹴った。途方もない力が、大量の土砂を巻き上げる。

ルーティアも遅れて視線を上空に送ると、同じく勢いよく飛び退いた。

そして——真っ白な光の矢が、バールが立っていた地点に勢いよく落下した。

土中に軽々と潜り込んだそれは、次の瞬間、地面を膨張させる。耳をつんざく大音が響いたと思えば、二本、三本と同じ矢が、次々とバールに向けて降り注いだ。

立て続けに鳴り響く轟音。

しかし、バールは余裕の表情でそれらの攻撃を後ろに跳んでかわす。

「これは、最初から仕組まれていたと考えるべきでしょうか？　私が飛ぶ先まで予想していた？」

「いいえ、私も予想外よ」

結果的にルーティアから遠く離されたバールの質問に、冷たい声が返った。

二人は、ゆっくりと上空を見上げる。

白い線が大地に向けて降りてきた。柱のようにもパイプのようにも見える。その中に二人。

白銀の武装をまとい、片方の手に二又の槍を持った眼鏡をかけた男と、同じく軽装に銀のナックル、カチューシャのようなものを頭に乗せた女。

男が厳しい視線をバールに送り、重々しく告げた。

「第一級悪魔が野放しに近い状態とは……久しぶりですね、バール」

バールの口元が弧を描く。

「武闘派と名高いインヘルザと、ファルヌのコンビ……大戦以来になりますね」

「我々としては会いたくはないですが、ルーティア様が危険とあれば是非もありません」

「白々しい。どうせ監視していたのでしょう？」

バールの嘲《あざけ》るような言葉を、インヘルザは無視した。そして、流麗な動きで変わった形状の二叉の槍を天に立て、ルーティアに体を向けた。

続いてカチューシャを頭に乗せたファルヌが微笑を浮かべて会釈する。

ルーティアはバツが悪そうに視線を逸らした。

「お久しぶりです、お嬢様。お元気そうで何よりです。そのご様子だとサナト様とも仲良くされているのですね」

くすくすと笑うファルヌに、ルーティアが驚いた顔を向けた。

「マスターを知ってるの⁉」

「サナト様をマスターと呼んでいるのですね。ええ、存じておりますよ。一度、天界でお会いしましたので。インヘルザも知っています。ね？」

ファルヌが隣に立つ眼鏡をかけた白銀の武装の男に視線を向けた。

少々苛立った反応が返る。

「主天様がアドバイスを与えたとはいえ……まさか本当にバールを倒してしまうとは思いもしませんでした。しかしその結果が、第一級悪魔に『楔』を与える結果になろうとは——《悪魔召喚》というスキルを用意していると知っていれば……」

「インヘルザ、もう過ぎたことでしょう？　今さらそれを言ったところで……サナト様に手綱《たづな》を握っていただけるのですから、それで良いではありませんか」

「しかし、これではますます、悪魔達が隆盛を極めてしまう恐れがあります」

「で――私をどうするつもりで？」

吐き捨てるように言ったインヘルザに、悪魔の軽薄な声がかかる。

「天界御用達の神装プラティーン……それで私と戦うつもりですか？」

「必要とあらばな」

インヘルザが首を回した。槍の柄をぐっと握り込み、確認するように真横に振り下ろした。

突風が吹き、何もないだだっ広い土地がざわざわとざわめく。

バールが片方の目を眇めて鼻を鳴らした。

「私を相手に、神装プラティーン……どうやら本当に目的は違うようですね」

「悪魔が我々の目的を知る必要はない」

「『赤鋼の獣』と人間が呼ぶ存在に対応するためですね？」

その一言に、インヘルザの片方の眉が上がり、微笑を浮かべていたファルヌの表情が引き締まる。

バールが、腕組みをして「なるほど」とつぶやいた。

「とうとう、あの闖入者に天使が出張《でば》ることになったというわけですか。確かに邪魔者に違いありませんからね。なるほど、なるほど……」

「バール、どこまで知っているか知らないが、首をつっ込むなよ。世界の管理者は――我々だ」

インヘルザの背中に、白い光が収斂《しゅうれん》した。小さな粒が集まり、その周囲を大きな粒が覆う。

瞬く間に出来上がったのは、二枚の羽。鳥の羽には程遠い。まるで、光そのものが羽を象ったような双翼が、彼の戦意を体現して広がった。

ファルヌがそれを見て一歩進み出る。白銀の軽装に頑丈そうなナックル。そして、インヘルザと同様の天使を示す翼が、ばさりと音を立てた。冷たい声が響く。

「妙な真似をするつもりならば、天界の名において始末しますよ」

バールの表情が崩れる。こらえきれないとばかりに、低い笑い声を漏らし、両手を大仰に広げた。

「本気で言っているのですか？　持続力重視の神装で『楔』を持たない天使が二体。そして――」

悪魔の切れ長の瞳が、ずっと睨みつけているルーティアに向いた。

「『楔』を持った、不完全な天使が一体……半端な三体で私に挑むと？　あははははははは！　これは傑作です！　天使という生き物は時間が経つと、私の恐ろしさを忘れるらしい」

「勘違いするな。我々とて無為な時間を過ごしたわけではない。戦うのは二人で十分だ」

「ますます愚かな」

「何とでも言うがいい――神槍グングニル」

インヘルザが二又の槍の矛先をバールに向けた。白い光が強く輝き、流動を始めた。

続いて、ファルヌがナックル同士をぶつけた。透き通った抑揚のない声が響く。

「神拳グランス」

淡い光が指先から手首にかけて走り抜けた。どくんと脈を打って強まった光は、拳を覆って渦を巻く。

ファルヌが右に歩き出し、インヘルザがバールに正対したまま、槍を構えた。

第二十九話　諫言《かんげん》

バールが真横に空いた空間に手を入れて引き抜いた。

体に比してやや短めの剣だ。刀身が極端に湾曲《わんきょく》した剣は、テグハと呼ばれる武器に似ている。

頼りないほどの細さだが、曇りのない紫色の刀身が振り抜かれると、高周波音に近い音がキーンと鳴る。

「あの時の魔剣か」

「同じだと思わないことです。今の私は《天使殺し》を有しています。切れ味については――体で感じていただきましょう」

バールが飛ぶように移動した。目標はインヘルザだ。

彼は動かない。険しい顔つきのまま、一瞬で距離を詰める悪魔の一挙一動を観察する。

と、バールが素早く横に目を向けた。

光の渦をまとう神拳グランスが突き出された。真横から突進したファルヌだ。

途方もない光の奔流が、バールを嬲《なぶ》る。だが、悪魔は冷たい笑みを浮かべながら、一撃目を左肘でかち上げて軌道を変え、二撃目の拳にカウンターの要領で魔剣を当てる。

「ぐっ――」

くぐもった声と共にファルヌの顔が一瞬歪む。

バールが隙ありとばかりに、魔剣を真横に薙いだ。紫の剣閃が走り抜ける。二度、三度。縦に横に。

何とか拳で弾いたファルヌがたまらずバックステップを踏むと、今度はバールの足下が緑の大地に変化した。

殺風景な景色を塗り潰し、緑豊かな景色が一瞬にして作り出された。

「神格法《アグロス》、あなた方の常套手段ですか……進歩しないようですね」

さっと生えた草草が白く光る。無数の刃に変わったそれらが、バールの体に向けて照準を定めた。

しかし――

「闇魔法《サナトス》」

歌うように口にした言葉が、それらをみるみる枯れさせる。

バールが不思議そうに首を回した。

「その槍は使わないのですか？　てっきりフィールドの奪い合いなどせず、仕掛けてくるのだと思っていましたが……」

「悪魔に話す必要はない」

「口を開けばそればかり。秘密を抱いて戦うのは勝手ですがね――」

バールはそう言って、魔剣の切っ先をファルヌに向けた。

彼女はじっと自分の拳を見つめる。片方の拳の光が消えかかり、胸を覆う軽鎧に傷が入っていた。

「やるなら、もう少しまともにかかってきなさい。またとない機会だというのに、これでは楽しめない。鎧は半端、ついでに不得手の武器を手にした天使など、第一級といえども相手にもなりません。この程度なら、まだそちらのルーティア殿の方がましだ。いくら魔剣の一振りとはいえ――」

苛立ちを込めた金色の瞳でインヘルザを睨み、舌打ちとともに続ける。

「仮にも神装と呼ばれる鎧に亀裂など入りますか？　ファルヌ、どうですか？　舐めるのも大概になさい。あなた方は、一体どのくらいの時間、この世界に顕現しているのです？」

「話す必要はない」

「またそれですか……仕掛けておいてひどい話だ。いい加減に私も腹が立ってきました」

バールがため息をついた。「もう殺しますか」と目を糸のように細め、唇を曲げた。

圧倒的な魔力が解放される。インヘルザが使用した神格法《アグロス》の効果が瞬く間に消え去り、代わりに陰鬱で暗澹《あんたん》たる空気が一帯を支配し始めた。

「待ちなさい、バール！　これは私とあなたの問題でしょ！　二人は関係ないわ！」

この先を想像したルーティアが慌てて声を上げた。しかし、悪魔は笑みを深めるだけだ。

「結構、ならば三人まとめて――ん？」

今にも開戦しかけていた四人が、一斉に同じ方向に首を回した。

静かな空間で物音に気付いたような動作だ。鋭敏な知覚を有する強者だけが感じる濃密な魔力の波動が、遠く離れたその場に走り抜けたのだ。

真っ先に舌打ちを鳴らしたのは、インヘルザだった。

「どこのバカだ……禁忌《きんき》すら知らないのか」

まるで目の前の見えない敵に憤りを吐き出したかのようなインヘルザに、ファルヌが音もなく近づく。

いつの間にか、軽鎧も神拳グランスも元通りに直っている。

「インヘルザ、どうしますか？」

「暴れるとは思えませんが、もしもということがあります。この状態であれを相手にするのはさすがに厳しい……ルーティア様」

インヘルザが、静かに憂う瞳をルーティアに向けた。

「我々は、少々別件がありますので、可能であれば……あれをお願いできますか？　サナト殿の力も必要でしょう。それに――不本意ですが、そこの悪魔の力も利用してください」

「ちょ、ちょっと待って！　今の波動って……」

「ルーティア様がお感じになられた通りの存在です。あれを相手にできるのは、超越者のみ。よろしくお願いします」

二人が丁寧に頭を下げ、ルーティアが息を呑んだ。

バールがつまらなさそうに口を開く。

「私は眼中にないと」

「その通りだ」

「腹立たしい限りです」

「バール、お前は確かに野放しに近いが、首元を掴める人間がいる以上は勝手なことはできない。ルーティア様を殺すどころか、主の不興を買えば粛清《しゅくせい》される可能性すらある。それは、お前のらしくない行動をずっと監視していれば分かることだ」

インヘルザは有無を言わさぬ口調で言い切った。

「ようやくお二人が現れた理由が分かりました。つまり目的は、私を殺すことではなく――」

「そう。ルーティア様への諫言だ」

インヘルザとファルヌがルーティアに近づく。

びくりと体を強張らせた彼女が、気まずそうに視線を泳がせた。

しかし、「ルーティア様」という真摯《しんし》な一言に、釣られるように見つめた。

「無茶はおやめ下さい。バールがどういう存在なのかはご存知のはず。『楔』を持たないとはいえ、我々二人でかかってこの有様です。《ダンジョンコア》となった経緯がありますから、役割を果たしてほしいとは言いませんが、せめて身の危険は避けてください。完全になるまでは、サナト殿の側で守ってもらってください。彼が知らぬ間に、バールと敵対するような真似だけは……何としてもなさらぬように」

「……ごめんなさい。でも――」

「言いたいことは分かります。ですが、悪魔の力を使用した責任は、サナト殿にあるのです」

「……私が巻き込んだのに、諦めろってこと？」

「悪魔に魂が渡るのは、彼が死んでからの話です」

「後先の問題じゃないわ」

ルーティアが複雑な心中を示すように唇を噛む。

インヘルザが苦笑しながらファルヌに視線を送る。助けを求めたのだろう。

彼女が優しい笑みを浮かべて前に出た。

「お嬢様の覚悟が決まっているなら、助けられる瞬間が来るまでは我慢してください。今の状態で悪魔に挑むことは無謀そのものです。時を待ち、深く思慮してください。天界を無理やり飛び出した時のような軽々しい行動だけはどうぞご自重ください」

「……ファルヌ」

「私が言うのも変な話ですが、正義感だけでは、うまくいかないことの方が多いですよ」

ファルヌはそう言って、片方の目をつぶって見せた。ルーティアが「うん」と自信なさげに頷く。

「では、私達は別件がありますから、先にお嬢様をサナト様の近くまで飛ばしますね」

ファルヌが顔を縦に振ると、インヘルザが白いゲートを開いた。規則的に渦巻く扉は悪魔の漆黒のゲートとは違って、淡く光を発している。

背中を押されたルーティアが後ろ髪を引かれるように振り返りながら、光の中に消えた。

「結局、言葉巧みに逃がしましたね」

バールの冷え切った声が響くと、インヘルザとファルヌが振り返った。

その顔は仮面を張り付けたように何の感情も浮かんでいない。慈愛に満ちていた表情は影も形もなかった。

「バール、我々はお前を信用していない」

「お互い様でしょう」

「戦うメリットなどないという顔をしているが、ルーティア様が邪魔になるのは目に見えている。お前の『楔』も同じだからな」

インヘルザの言葉に、バールの表情が抜け落ちた。

「自分が巻き込んだという罪悪感、サナト殿を助けたいという義侠心や正義感。お前達は何でも利用する生き物だ。虎視眈々《こしたんたん》と狙っているはずだ……ルーティア様を始末する機会を」

「濡れ衣《ぎぬ》も甚《はなは》だしい。ルーティア殿を始末すれば、私がサナト様に殺されるのですよ？」

「だから、きっかけと言い訳が欲しいはずだ。襲われたから仕方なく振り払ったとな。今では後悔しているのではないか？　成長する前に迷宮内で殺しておくべきだったと……まさか人間に宿った取るに足らない変わり者の《ダンジョンコア》が天界でも屈指の力を持つ天使だとは思わなかっただろう」

「……根拠のない憶測ばかりで理解しかねますね」

インヘルザが初めて鼻で笑った。対してバールは黙りこくった。

「お前には分からないか。まあいい、我々はそう断定して行動しているということを肝に銘じておくがいい。では、いくぞファルヌ」

白いゲートが開いた。幾分機嫌が良さそうなインヘルザが中に入る。

ファルヌも続いて進もうとして、ぐるりと首をひねった。

顔には、ついでに聞いておこうという想いが浮かんでいた。

「バール、あなたは何を考えているのです？」

「何のことでしょう」

「最近、魔界で活発に動いているという噂を耳にしましたが」

「私が魔界で動くことに何か問題が？　天使に関係がありますか？」

「自堕落と有名な悪魔が動けば何が起こったのかと心配します」

「それこそ余計な世話です」

バールは目を閉じて口を引き結んだ。口端には微笑を浮かべ、腕組みをする。

ファルヌがその様子を数秒眺め、言葉を発せずゲートに進み入った。

そして――

残った一人のわずかな舌打ちの音が、荒涼たる風景の中に溶けた。

第三十話　王国会議

実権を握る者が集まって開かれる王国会議と呼ばれる場がある。

ディーランド王国の重要な方針、新たな政策案、軍事に関する話。広く国民に提示し意見を集うやり方もあるが、ノトエアが即位してからも、王国は少数非公開での手法を変えていない。

政治に参画するのは国民の権利だと亡きノトエアは考えたが、制度を変えるに当たって民意調査を行った結果、時期尚早だと悟った。

低い教育レベルが最も大きな障害だった。

国民の知識不足はひどかった。識字率はもちろん、内政に興味のある人間がひどく少なかったのだ。モンスターや権力者の横暴といった命の危険に晒されながら生きる不安定な世界では、誰もが目先の利益を優先する。毎日を生きることに必死になるからだ。

もしこの状態で投票制度を創設すれば、文字を読める高い身分の人間の意見のみに左右されてしまう。

大衆がコントロールされるだけの存在を脱し、自己の在り方を省《かえり》み、多様な意見を自由に発言できてこその民意。

それでも制度の変革を強行に進める手法もあっただろうが、ノトエアは政治参画のやり方を変える前に、まずは国民の教育レベルを大きく上昇させる学園の設立を重要視した。

それは、ディーランド王国の今後の繁栄のために必要な布石だった。

けれど、誰でも平等な教育をと願った学園は結果的に裕福な者のみが通う場と変わり、能力のない者は日銭を稼ぐしかないという現実は続いている。

上を向ける人間を増やそうとしたものの、かえって差を広げたのかもしれない。

ノトエアが望んだ世界には程遠い。

そして、家同士を競争させて多様な人材を、と目論《もくろ》んだ家名制度は実質的にほとんどが世襲制となり、戦争で名を上げた家だけが継続的に力を握る。

限られた豪勢な椅子に座る者の構図は、百年前となんら変わっていなかった。

――三名家の筆頭、フェイト家当主、フェイト＝アースロンド
――三名家、メラン家当主、メラン＝ルース
――三名家、イース家当主、イース＝ヘーゲモニア

――三名家に次ぐ家、ラック家当主、ラック＝グリッサー

将来の四名家とも呼ばれる当主達が、左にフェイト家とイース家。右にメラン家とラック家。

そして、それらを見下ろすように一段高い椅子に腰かける、ディーランド王国国王ハヅキ＝レイナと、少し離れた場所で緊張の面持ちを見せるリリアーヌ。

頂上会議とも揶揄《やゆ》される王国会議は、王の発言時以外は自由な発言を許されている。

錚々《そうそう》たるメンバーが集まる中、口火を切ったのは席次の低いラック＝グリッサーだった。

＊＊＊

「そういえば先日、南部エルネストの灌漑《かんがい》工事を見回っていた時のことですが――」

レイナの顔色を窺うように発せられた言葉に、他の三名家の当主達が顔をしかめた。

ラック家は直接の軍事力では三名家に劣るが、こと土木工事については定評があった。代々積み重ねてきた測量技術や、土魔法を専門とする魔法使いを数多く抱えており、堅実な工事を行うと専《もっぱ》らの評判である。

特にその土地の人間を一定数雇用することに対する評価は高い。

しかし、何かにつけてレイナに報告しようとする姿勢や、恩着せがましい態度は他の名家に毛嫌いされている。加えて、土地の所有者を強引な方法で追い出しているという悪い噂もある。

またその話かと、うんざりした表情を浮かべる三名とは対照的に、レイナは「続きを」と促す。

「ハンザ同盟国の兵と思しき人間を見かけたのです」

「なぜ同盟国の兵だと？」

「鎧はまったく別だったのですが、全員が腰にスティレットを差していたのです」

「あの刺突武器を？」

怪訝《けげん》な表情を浮かべたレイナの横顔に、リリアーヌが不安そうな視線を送る。

しかし、この場で最も軍事力を有するフェイト＝アースロンドが「くだらん」と一喝した。

「ハンザとの国境ははっきりしていない。あっちの生まれで、スティレットを持つ山賊くらいいるだろう」

「しかし、身なりが山賊にしては整いすぎておりましたが」

「疑うなら、ひっ捕らえたのか？」

「いえ……追いかけさせたのですが……」

「兵の練度が足らんな。不確定な情報の報告は慎むことだ」

アースロンドの一言に、グリッサーの視線が鋭くなった。

他の家の当主であれば震えあがる目つきだが、筆頭家の当主は歯牙《しが》にもかけない。強靭《きょうじん》な上半身を軽く揺らし、机を指でたたいた。

レイナが口を開く。

「我が国とハンザは無二の友好国。アースロンド将軍の言い分もありますが、気に留めておきましょう」

「ありがとうございます」

グリッサーが型通りに頭を下げた。数秒経過し、上がった顔には微笑を浮かべていた。

知っている者には分かる作り笑い。そこから発するのは隠すつもりもない野心だ。

「ところで、ここに招待されたということは、我が家はそろそろ名家として扱っていただけるのでしょうか？」

「グリッサー殿、今回集まったのは貴家の待遇の話ではないぞ」

「ルース殿が言う通りだ。さっきの件と、今の話はまったく関係なかろう」

渋い顔で戒めたメラン＝ルースのあとを、アースロンドが引き継いで非難した。

グリッサーの双眸が三日月型に歪む。

「しかし、我が家は国に貢献しておりますし、跡継ぎの対策もしっかり行っています。そのあたりに不安を抱える名家に危機が及ぶことがないとは言えますまい」

「貴君に心配されるようなことはないな」

ルースが憤慨した様子で鼻を鳴らした。

「我が家はすでに新たな人材を迎え入れることにしている。血の繋がりはなくとも、盤石《ばんじゃく》よ」

それを聞いて、グリッサーがにこにこと微笑みを浮かべる。

「フェイト家は優秀な長男、次男と、長女がおられますし、メラン家は優秀な人材を血にこだわらずに取り入れるという決断を致しましたが……イース家はどうですか？」

疑問という形で問いかけているが、その言葉には確信を孕《はら》んでいる。

それが分かるからこそ、アースロンドとルースは眉を寄せた。二人は、イース＝ヘーゲモニアが散々悩んでいたことを知っている。

次期当主の座をアルシュナという男に譲ろうと決めたことは聞き及んでいるが、メラン家とは事情が異なり、子がいるにも関わらずその選択をせざるを得なかったのだ。

グリッサーはヘーゲモニアが悩み抜いた末、外部の人間に譲ることを知らない。

無能な息子さんしかいないでしょう、と嘲り、三名家の一角も終わりだと暗に告げているのだ。

アースロンドとルースはむっつりと押し黙った。

気の毒だが、グリッサーの遠回しの嫌みに答えるのは我が家ではないと考えたのだろう。

ここで、グリッサーにアルシュナの件を話すのか、と二人がヘーゲモニアに視線を送る。

「我が家は、やり直す」

予想外の言葉に、二人の当主は思わず目を丸くした。驚きを隠せなかった。

グリッサーが怪訝そうに聞き直す。

「やり直す……とおっしゃいましたか？」

「そうだ。我が息子が無才だと噂されていることは知っている。だが――それならば私が鍛え上げようと決心した。私の跡は、セナードに継がせる」

淀みない言葉と決意に、アースロンドとルース、そしてレイナの側にいたリリアーヌが息を呑んだ。

本気か？　と問いかけるアースロンドの視線に、ヘーゲモニアがぎらついた目を向けた。

「私は本気だ。死に物狂いで、息子を鍛え上げると決めた。二度と周囲に無才などと呼ばせはしない」

ヘーゲモニアの強い意志がほとばしる。

アースロンドが目を白黒させた。

「だが……ヘーゲモニア殿、貴君自身がそう言ったはずだ……」

「確かに。しかし、つい最近心変わりしたのだ。まあ、見ていてくれ」

「……これは傑作だ」

ルースが太い体を揺すって大声で笑った。そして羨ましそうに見つめる。

「どうしたことだ。あのヘーゲモニアが二十年は若返ったようじゃないか。一体何があったんだ、同志よ」

「ルース殿……事あるごとに相談に乗ってもらって悪かった。だが、色々あって……私は息子に期待すると決めたのだ」

「まったく羨ましいことだ。今の貴君は目が輝いておる。……こんなことなら、私も子を生《な》しておけば良かったと後悔するぞ」

「本当にすまない」

「何を言う。貴君が己の心に従って決めたのなら、喜ばずに何とする。いいではないか。私はご子息の活躍を期待しておるぞ」

ルースはそう言って、腹の底から笑い声を上げる。

アースロンドと、思わぬ展開になったグリッサーが呆気に取られている。

そんなメンツの様子をぐるりと眺め、黙って話を聞いていたレイナが軽く手を打ち鳴らした。誰もが、はっと気づき、口をつぐむ。

「では、場も温まったところで、本題に入らせてもらって良いですか？」

「陛下、申し訳ありませんでした。私が熱くなってしまったばかりに」

ヘーゲモニアの謝罪に、レイナが鷹揚《おうよう》に頷いた。

表情を引き締め、王としての顔で告げた。

「本日の議題は二つ。一つは、ラードス帝国将軍が変わったと同時に我が国の国境に軍を展開した件、そしてもう一つは西の禁忌――原初の黒竜が目覚めた件です」

第三十一話　名家の役割

「原初の……黒竜……」

確認するようにつぶやいた新参のグリッサーは居並ぶ面々をぐるりと見回した。

疑心。ここ百年で動かなかった竜がなぜ動いたのだ。

口を開いたのは渋い顔のアースロンドだった。

「理由は分からんが……」

吐き捨てるように言い、王の顔を確認する。

この先を言って良いかの確認だ。レイナが小さく首肯したことで、大きなため息をついた。

「あれが暴れるようなことがあれば……間違いなくディーランド王国は滅ぶ」

グリッサーが目を見開いた。軍のトップであり、国内で最大の戦力を有するフェイト家の当主が迷いなく言い切ったからだ。

重苦しい雰囲気が場に広がった。

「それに――」と続けかけたアースロンドを、レイナが「そこから先は私が話しましょう」と制する。

「グリッサー殿は竜が禁忌とされた事件を知っていますか？」

「百年ほど前に帝国軍が壊滅した……という？」

レイナの端整な顔が縦に動いた。

「あまり知られていませんが、ノトエアが存命中に、一度あの竜に接触したことがあります」

「……それは初耳です」

「当時、苛烈な帝国軍の攻めに対して危機感を抱いていたノトエアは、竜の力を借りられないものかと動きました。側近の兵の誰もが、岩のように眠る竜が反応するはずがないと考えていたのですが――」

「動いたのですか？」

「ええ……」

レイナの視線が遠く薄くなる。

まるで当時を思い出しているかのようだ。

「しかし、『原初の竜』と名乗って顔を上げただけで、協力は一切取り付けられませんでした。ノトエアはその後、丸二日ほど説得を試みたのですが、結局、話を聞いてくれませんでした。そして……その五日後でした。奇襲同然に帝国が我が国の西端を襲撃したのです」

「目的はその竜だったのですか？」

「今となっては分かりません……竜を支配下に置くことだったのか、殺して貴重な素材を手に入れることだったのか……竜に至る道中に目的があったのか。とにかく、帝国の動きは速かった。私達は、学園を狙うかのように陣取ったおとりの帝国軍に気を取られ、動くのが遅れたのです。あとで分かったことですが、道中の村はことごとくが謎の獣の爪跡で蹂躙され、竜が棲む山間《やまあい》までは命と言う命が全て刈り取られました。駆けつけようと急ぐノトエアに入ってくる報告の何もかもが絶望に他なりませんでした」

レイナは重いため息をつきながら視線を落とした。初耳のグリッサーを除いた名家の当主達も、くやしげな表情を浮かべている。

誰もが帝国のやり方に憤っていた。

「けれど、そのやり方が逆鱗に触れたのか、竜が動きました。伝令からもたらされたのは『黒い竜が舞い降り、敵を炎で全滅させた』……とても短い報告でした。温厚なノトエアも『詳しく説明しろ』と怒鳴ったほどの衝撃でした。そして、結果的に帝国軍の襲撃は終わりました。失われた命は多かったですが、竜が私達を救ってくれたのです」

「竜は私達の味方なのですね」

グリッサーが興奮した口調で言う。

けれど、レイナは「それは違います」と首を振った。

「その後も帝国が襲撃したことはあります。草の根すら残さないようなやり方はあの時限りですが、今まで何度も我が国の民は犠牲になっています。ラードス帝国だけでなく、神聖ウィルネシア国が攻めてきたことがあるのは、周知の事実……」

「では……竜はなぜ？」

「それが分からんから、禁忌なのだ」

浮かない表情で視線を投げていたアースロンドがぶっきらぼうに言った。

「はっきり分かっていることは……やつには帝国師団を軽く壊滅させられる力があるってことだ。百年前の話だが、寿命すら分からん竜が弱るとは考えられん。つまり……正面から挑んで勝ち目はないということだ。やつに対して取り得る戦略は我慢のみ。もしも王都に飛んで来るようなことがあれば――国は終わる」

「そ、そんな……ですが、その竜が動いたのではないのですか？」

「だから、こうして集まって話をしているのだろう」

アースロンドのまったく救いのない返答に、グリッサーが言葉を詰まらせ、顔を青白く変える。

――何を話し合おうというのだ。

ルースとヘーゲモニアは、似た表情で押し黙っている。冗談ではないのだ。

まさか捨て駒にするために？

グリッサーはこの会議に呼ばれた理由を邪推する。てっきり名家に格上げされる話だとばかり思っていたが――

「では、役割を決めましょう」

凛としたレイナの言葉が響き渡った。温和な雰囲気を消し去り、威厳をまとっている。

グリッサーが身を強張らせた。

「まず、最も不気味な帝国軍ですが――アースロンド将軍、お願いできますか？」

「王命、承ります」

レイナが厳しい顔で頷く。

「情報収集を急がせてください。ここ最近は正面突破を好む帝国ですが、トップが変わったばかりですので慎重に。あとの対処は任せます」

「お任せあれ」

「続いて……グリッサー殿」

「はいっ⁉」

グリッサーは椅子の上で跳び上がりかけた。まさか、アースロンドの次に名を呼ばれるなど想像もしていない。声は上ずり、一気に背中に冷や汗が流れ始めた。

もし、竜の対処を――と命令された場合に何と言い訳して逃げるのか。頭をフル回転させるが妙案は出てこない。

王命に背くことは重罪だ。積み上げてきた実績など、レイナの「家名剥奪」の一言で消えてしまう。役割を分担しようなどと窺うように言うが、断ることなど不可能だ。

よく見れば、他の三名家の当主達はグリッサーを盗み見て笑っているようにすら見える。

最初から仕組まれていたのだ。

太ももに置いた両こぶしを固く握って、視線を落とす。

将来のためにと戦闘訓練を積んでいる息子は。傘下の家との関係は。

思考が留まらない。混乱の渦中において、「南の警戒をお願いします」というレイナの和らいだ声に、はっと顔を上げた。

――南？　南とおっしゃった？　西ではなく？

「現在、南の防衛はハンザ同盟国に頼っている部分が大きく手薄です。帝国とぶつかる可能性がある以上、警戒をお願いできますか？　グリッサー殿は南に詳しいそうですね。可能であれば見かけたという不審な兵の調査もお願いします」

「は……はい。いえっ！　王命しかと承りました！」

グリッサーが声を張り上げ、弾かれるように立ち上がった。

レイナの優しい瞳にほっと安堵し、膝から崩れるように椅子に倒れ込んだ。

――良かった。本当に良かった。

浅かった呼吸がゆっくりと正常に戻っていく。寒気すら感じた顔が、一気に熱くなった。

と同時に、消え入りたくなる。

保身に走ろうと勝手な考えばかりを頭に浮かべた自分を恥じた。

王国のために実績を積んでいると声高に叫んでおきながら、本当に必要とされる瞬間には腰が引けたのだ。あまつさえ、他の名家の跡継ぎに言及し、挑戦的な言葉まで吐いた。

耐えがたい羞恥《しゅうち》の中、グリッサーはがばっと顔を上げた。

自分ではないということは――

「最後に、竜に対する不測の事態への対処ですが……」

レイナが言葉を選んだ。

勝ち目のない敵を抑えろ――それは無理難題に等しい。素直に「国のために死ね」と言われた方が、ふんぎりがつくかもしれない。

グリッサーが同情し始めた矢先だった。

テーブルの端でイース＝ヘーゲモニアが手を挙げた。

「我が家が盾となりましょう。止められずとも時間稼ぎは果たしてみせます」

名家の当主は、一息で告げた。

アースロンドがにやりと口角を上げ、レイナが心の底から嬉しそうに微笑んだ。グリッサーはそれを見て打ちのめされた思いを抱く。

頂上会議と揶揄されようとも、これが名家たらしめる行動なのだ。レイナを百年以上支えてきた三名家の一角は、恐れることなく己の仕事だと訴えた。

だが、誇り高い家は一つではない。

「待て待て、同志よ。その役目、このメラン＝ルースに譲れ」

慌てた様子でルースも手を挙げた。そして、おどけた調子で言う。

「何隊ほど当てがえば竜を抑えられるかと考えておったら、出遅れたわ」と腹をゆすって笑う。

彼もまた、名家にふさわしい死地から目を背けない人間だった。

ヘーゲモニアがわずかに浮かべた微笑を消し去り、嫌な顔を作る。

「同志よ、私の決意に水を差すのは許しがたいぞ」

「それについては謝罪する。しかし、ヘーゲモニア殿の跡継ぎはまだ若い。これから鍛えるのだろう？　幸い我が家のガリアスはすでに完成に近い。何かあっても大丈夫だと確信している」

「……貴家の専門は接近戦だ。桁外れの鱗を持つ竜とは相性が悪い。その点、我が家は召喚モンスターで何とでも対応できる」

「相性だけで、名家は務まらん。秘匿技《ひとくわざ》もある」

「しかし――」

ヘーゲモニアとルースの言葉に熱が帯びる。アースロンドは楽しげに笑い、グリッサーはそのやり取りを羨ましそうに見つめる。

手を打ち鳴らす音が響いた。レイナだ。

「意気込みに水を差しますが、竜は目覚めたと分かっただけで、未だ棲《す》み処《か》から動いていないそうです。お願いしたいのは、もしもの事態への対処です。現時点では兵を近辺に寄せていただくだけで構いません。ですが――」

平静な調子で言ったレイナが言葉を切り、感慨深げに目尻を下げた。

顔に忠臣への感謝が浮かぶ。

「お二方の勇気に敬意を」

ヘーゲモニアとルースが微笑を浮かべて王の礼を受け入れる。

「では、竜の方は、ヘーゲモニア殿にお願いいたします。必要であればルース殿も協力を」

「お任せを」「承知しました」

「それと、肝心の竜の詳細な調査ですが、ギルドマスターのダレースを通して冒険者数名に依頼しております。どう対処するかは報告を聞いてから決めましょう……できれば、争うことは避けたいですが」

「陛下、冒険者では竜を刺激することもあるのではないでしょうか？　必要とあらば私のモンスターを偵察に出しますが……」

ヘーゲモニアの憂う言葉に、「その点は問題ないでしょう」とレイナが返す。

「私とリリアーヌが推薦する人物もいますから」

レイナは端に座る後継者に、意味深長な視線を向けた。

第三十二話　未体験の世界

世界には数種類の竜が存在すると言われている。

血縁と言われる土蜥蜴や、炎爬の数倍強い純粋な竜種で最も有名なものは、山岳に棲むスカイドラゴン。誰もがイメージしやすい空を席巻する群青《ぐんじょう》色のドラゴンだ。

洞窟をねぐらとするケイブドラゴンや、氷山に棲むスノードラゴンと呼ばれる種類もいる。

それらは強靭な鱗と鋭い爪、巨大な体という一般的な竜の特徴を備えており、人里離れた未開の地で、縄張りを求めて熾烈《しれつ》な争いを繰り広げているという。

近隣の森で出くわすことはまずないが、過去にははぐれ竜と思しき個体が現れ、十を超える冒険者パーティが死闘の末、倒したという記録がある。

滅多に得られない竜の素材は強力な武器や防具に変わり、得られた経験値は成長が鈍化した冒険者達の強さを底上げしたという。

その後、「竜伐隊」と称えられた冒険者達は、通り名の通り頭一つ抜けた活躍を見せたというから、いかに敵が強大だったか知れる。

だが、姿形が似る原初の黒竜は、それら竜種とはまったく異なるものと認識されている。

まず——話ができる。

如何なる竜種も不可能な会話を、黒竜はいとも簡単に行う。ノトエアとの会話がその証拠だ。

そして——強さが桁外れだ。

竜種の中には、群れで生活する種もあるが、単独で生活する黒竜は十や二十からなる竜の群れでも相手にならないと考えられている。現在、黒竜の棲み処であるディーランド王国の西端は、かつては飛べない竜種であるランドドラゴンの一大棲息地であり、周辺の地層から折り重なって死んだと思われるランドドラゴンの骨がごろごろ出てくることを鑑みても、黒竜の仕業である可能性が高い。

帝国軍第三師団を簡単に壊滅させた事件を考えても、現存する生物の中で最も強い個であると考えられていた。

早朝、集合時間にギルドの本部に用意された三台の馬車を前にして、サナトは少々驚いた。

「まさか、ギルドマスターと行動することになるとは思っていませんでした」

「急遽《きゅうきょ》、予定していたパーティが来られなくなってしまったのですよ」

刈り上げた短い白髪を逆立てたダレースがため息をつく。早朝の柔らかい日差しの中に浮かぶ疲れた表情が、心中を物語っていた。

「本当は、『白炎の灰』以外に二つのパーティに声をかけていたのですが……昨夜、急用で来られないと連絡がありまして……さすがに、情報の精度の観点からもサナト殿達だけでは、ということで、やむを得ずギルドから連れてきたわけです」

ダレースが、後ろに控えていた四人を前に出す。誰もが白い仮面を身につけ、鈍い光沢を放つ皮鎧を身につけている。装備にはギルドの紋章が刻まれていた。

サナトは《神格眼》でざっと眺める。エティルを同伴させたときについてきた暗部の人間ばかりだった。レベルは30中盤。男三人と女一人の組み合わせであり、今回は《召喚魔法》持ちの人間はいない。

無言で見つめるサナトの視線をどう受け取ったのか、ダレースが「挨拶を」と言うと、中心に立つ体の大きな男が仮面を外した。

焼けた肌に白い歯。取り立てて特徴のない男は、「ワズロフです」と手短に言葉を発すると再び仮面をつけた。

ダレースが補足する。

「ギルドお抱えの部隊だと思ってください。愛想はないですが、優秀な人間達です。指揮は私が執ります。もし他の者の面もということであれば、仮面を——」

「別に構いませんよ。色々とご事情もありそうですし、今日は竜の調査だけということですから。それに、現場ではバラバラで行動するんですよね？」

「ええ、そちらの方がお互いに動きやすいかと思いまして」

「ご厚意痛み入ります。では……リリス、何か聞いておくか？」

サナトは隣に立つ少女に水を向けた。白い鎧に青い紋様。竜が相手ということで、使い慣れたバルディッシュを装備したリリスは既にフル装備だ。

「私は特にございません」と答えると、ダレースが頷き逆に質問を投げかけた。

「サナト殿、そちらの方はパーティの一員ですか？」

くすんだ赤髪のオールバックの男が、視線を受けてふっと微笑む。蠱惑《こわく》的でぞくりとする表情だ。

「バールという名の者ですが……まあ、臨時の助っ人みたいなものですね。ダレースさんも知っているあの子供二人と似たようなものです」

「子供……」

ダレースがつぶやきと同時に眉を寄せた。

続いて背後の四人がわずかなうめき声を漏らしてすぐに消した。ほんの一瞬だが、それは驚愕や恐怖の類いに近いものだ。

心地よさそうな顔のバールが笑みを深める。

「私はあの二人より随分思慮深いのでご安心を」

「バール、余計なことは言わなくていい。では、ダレースさん、行きますか？」

「え、ええ……」

彫像のように固まっていたダレースがゆっくりと動く。

サナトは気にする風もなく、空を見上げた。ひんやりとした空気が朝日で暖められ、心地よい空気だった。嬉しそうに言う。

「霧も出ていないし、今日は空を渡りましょう。時間の短縮になる」

「……空？」

ダレースは釣られて天を仰ぐ。

サナトの言葉を理解できなかった。だが、高高度に四角い金色の板が現れたのを見て、何とも言えない表情を浮かべた。

＊＊＊

（なんだこれは？　私は夢を見ているのか？）

ダレースは身を震わせた。足から臀部《でんぶ》に虫が這うような気色悪さが通り抜ける。

頬に吹き付ける冷たい風が原因ではない。

できるだけ見ないようにしていた足下が視界に入った。たちまち怖気《おじけ》が走る。

彼は空に浮いていた。正確には、金色の板の上に立っていた。薄い色がついたガラスのようなものだ。

まじまじと下を見た。誰よりも熟知している森が別世界のようだ。城の見張り台から街を見下ろした時とは違う景色が、違う意味で背筋をぞくぞくさせた。

「ギルマス……ま、ま、待ってください！」

背後から聞こえたかすれ声に振り向く。自分の右腕と信頼するワズロフの腰が引けていた。恐る恐るつま先を板の上に下ろしては、割れないか確認している。とても暗部のリーダーとは思えない姿だ。赤ん坊が歩く方がしっかりしている。

「大丈夫？」

ワズロフと男二人は今にも泣き出しそうな様子だが、一人の女——カルナリア——は、嬉しそうな様子で歩を進める。立ち止まって下の景色を眺め、「鳥になった気分！」とはしゃいでいる。

三度目の《テレポート》で、ダレースもようやく彼女の気持ちを少し理解した。

落ちたらどうなるのだろうという恐怖が、水が引くように消えていった。

代わりに顔を出すのは未体験に出会う喜び。冒険者として初めて敵を倒したときの跳ねまわりたいような衝動を感じる。

「サナト殿、次は⁉」

ダレースは思わず叫んだ。

《光輝の盾》という憲兵が使う魔法を応用して空に足場を作り、視線が届く先まで一気に《テレポート》で飛ぶ移動方法。馬車とは移動時間が比較にならない。とんでもない魔法だ。

ゲートから出た瞬間には足場がないため、サナトが足場を作るまで一瞬浮遊感が訪れる。すでに三度経験した。最初は年甲斐もなく悲鳴を上げたが、失神したワズロフに比べればだいぶんましだ。

それに、次は楽しめそうなくらいには落ち着いた。

「あの山のあたりまで行きましょう。ダレースさん、方向はこれで間違いないですか？」

「大丈夫です！　山を越えたところが西の端です」

ダレースはゲートを開けて待つサナト達に駆け寄る。そして、ぐるりと首を回した。カルナリアが「これ、すごすぎ」と冒険者時代の口調で、はしゃぎながら追いついたが、残りの三人は四つん這いになってのろのろと近づいてくる。

――それでも暗部のトップか。

と、怒鳴りたい気持ちをぐっとこらえた。

「まあ、初体験だと誰でもあんな感じだと思いますよ……」

サナトが苦笑いしながらダレースを見ていた。責めないでやってくれと顔に書いてある。

王国の西端に到着するのに時間はかからなかった。

禁忌と称される原初の黒竜は、雄大な姿を隠すことなく緑豊かな平原に寝そべっていた。

第三十三話　原初の黒竜

太陽が中天を過ぎた頃だ。

山を上空から超え、あとは黒竜のところまでどれだけ近づくかという距離だった。森は奇妙なほど静まり返り、生者の気配が驚くほどにない。

寒々しい風がなりを潜めたように止まり、どこか緊張感を孕んだ不気味な空気が漂っている。

黒竜にさらに近づいた。微動だにしない姿は岩のようだが、竜の姿だと気づけるほどの距離になると、誰もが気配を気取られることを恐れて口をつぐんだ。

先頭に立ってローブをはためかせて見下ろすサナトは――絶句していた。

アペイロン　4291歳
レベル100　竜

ジョブ：原初の黒竜
HP：5991　MP：3194
《ステータス》
力：3373　防御：3564　素早さ：2891　魔攻：3047　魔防：3112
《スキル》
火魔法：神級　HP超回復
神格法　斬滅
力+500　天変操作
無詠唱　結界魔法
竜鱗
《ユニークスキル》
竜眼
原初の力
原初の呪い
魔法干渉
不滅不死

土蜥蜴など比較にならない化け物だ。ＨＰもステータスも、最強だと思っていたバールすら超えている。

レベルは最大値が１００なのだろうか。

サナトはバルベリト迷宮でルーティアと交わした会話を思い出した。

――《ＨＰ超回復》はこの世界に存在するってことか？

――えぇ……こんなスキル持ってるモンスターがいるの？　倒せないじゃん。

――ぶっ壊れスキルだな。

サナトは本当の竜種を見たことがない。しかし、ギルドで稀に討伐依頼が貼り出されていたことを考えれば、普通の冒険者が複数でかかれば仕留められる敵には違いないのだ。

だが、この竜は違う。レベル30や40で戦えるどころか、国家戦力をもってしても敵わないだろう。

ＨＰだけで言えば、およそバールが二人いるに等しい。

サナトは目を凝らした。見間違いではない。眼下で寝そべる竜は、紛れもない超越者だった。

「これが、原初の黒竜か……」

サナトの背筋がぞくりと震えた。

寝そべった竜の片方の目が開いていた。茶色い瞳だ。

距離は遠い。《神格眼》を持たないリリスやダレースは気づいていないだろう。しかも上空だ。

首を持ち上げていない竜に自分が見えるはずがない。

けれど、サナトにはなぜか「見られている」という確信があった。

「暴れたという情報だったが、変わりないように見えるな」

ダレースがサナトの隣で見下ろした。彼は竜がこちらに意識を向けたとはまるで気づかないようだ。

他のメンバーも最悪の事態を想定していたのか、ほっと胸を撫《な》で下ろしている。

一方、サナトが感じる威圧感はゆっくりと高まっていた。

「これ以上近づくと危険かな」と軽い言葉を交わすギルドの暗部を背後にして、サナトの目が竜に釘付けになる。

『降りてこい』

脳内に、はっきりと敵愾心《てきがいしん》を感じる声が響いた。聞いたことのない低いものだ。竜の瞳がわずかに光ったように見えた。

「とりあえず、陛下に大きな問題はない旨をお伝えすべきか」

ダレースが慎重に言葉を選んだ。暗部全員が首を縦に振った。

と同時に——途方もない絶叫が響き渡った。

「ウウウウォォォォオッツツッツォ!!」

腹の底から響く咆哮だった。間近で爆弾でも破裂したような、地割れの前触れのような、そんな音だった。

黒竜がのそりと体を起こした。茶色い双眸を大きく開き、死神の鎌のような長い首をもたげた。視線がはっきりと上空に向いた。

『さっさと降りてこなければ……全員死ぬぞ』

突然の最後通告だ。

サナトの眼下に、小さな赤い点が一つ浮かぶ。炎のかたまりだ。そして、その一帯を覆うほどの無数の火の玉が現れた。

中心の塊に、周囲の火の玉が端を伸ばす。あっという間に、他を吸収する炎が大きくなった。

サナトはごくりと唾を呑んだ。

間違いなく、見慣れた魔法だった。

《フレアバースト》だ。その標的はきっと――

「まったく……気の短い竜だ」

サナトは口を引き結んで金色の板の端に足をかけ、振り返った。リリスが固い表情で指示を待っていた。もともと異様な雰囲気は感じていたのだろう。

「全員を連れてそこに開けたゲートに入ってくれ。ギルドの前に戻る。あれは……リリスでもきつい」

「そんな……逃げるという選択肢はないのでしょうか？」

「逃げたら最後だ。竜は、おそらく追ってくる。どうも目の敵《かたき》にされたみたいだ」

「ご主人様……」

「すまない。だが、出会ったからには何とかしないとな」

サナトは「急げ」と告げた。

そして、とんっと軽い一歩と共に中空に身を投げた。遅れて、バールが何を言うこともなく後に続いた。

＊＊＊

眼下に浮かぶ無数の火の玉が、意思を共有しているかのようにぱっと消えた。

停滞した風が動き出す。感じていた威圧感が嘘のようになくなった。

魔法は威嚇だった。自分の目の前にサナトを引き出すために使用してみせたに過ぎない。

階段状にした《光輝の盾》を蹴り、大地に降り立つ。若草色の風景と威風堂々の黒竜が二人を迎えた。

一体なぜ目をつけられたのか。見当がつかなかった。

《竜眼》というスキルが仮にサナトの《神格眼》と似た力を持っているとすれば、視野の広さは驚くに値しない。

だが、見える情報はただの低レベルの人間のはずだ。

（ユニークスキルまで見えている？）

サナトは態勢を整える竜を眺めながら考える。

《ダンジョンコア》、《悪魔召喚》、《神格眼》。途方もない強さの竜が目をつけるとすればその三つくらいだろうか。

話を聞かなければ分からないか。

感情を窺えない瞳がサナトに向いた。

有鱗目に近い、瞳が縦に切れた目を持つ竜の背には、魔石に似た輝きを持つ漆黒の岩石が無数に飛び出している。

鋭利な上下交互に生えた歯。長い尾椎。そして、強靭な鱗に包まれた折りたたまれた羽。すべてのパーツが、竜の存在感を際立たせていた。

「我が名はアペイロン」

黒竜は開口一番そう名乗った。

先ほどまで敵意を滲ませていた竜が名乗るとは思っていなかった。サナトは、虚を突かれながらも答えた。

「サナトだ」

「貴様のような人間は初めて見る」

アペイロンは感慨深げに言った。

初めてとはどういう意味だろう。転移者、ダンジョンコアを持つ人間、悪魔を従える人間。サナトは思慮しながら問う。

「俺が珍しいから呼ばれたと思っていいのか？」

「ふん……」

アペイロンが鼻を鳴らして目を細めた。視線はサナトの顔ではなく、その胸に向いている。中にいる誰かを――

「とりあえず出てくるが良い。サナトの中の天使よ。それだけ力を発していれば隠れる意味がない」

「……天使？」

つぶやいたサナトの隣に、輝く粒子が集約した。みるみる人間を象った光は白いドレスに身を包むルーティアを実体化させる。

バツの悪そうな顔でサナトの視線を受け止めたルーティアは、何かを言おうと小さく口を開いたが、結局諦めた表情でアペイロンを見上げた。

「初めまして」

「人間と、忌々しい外来種が二体。いや、サナトも外来種だな。この場の原種は我のみと」

「……アペイロン、俺が外の世界から来たと分かるのか？」

「無論。貴様も、そこの天使と悪魔も、原種が放つ匂いではない」

アペイロンはわずかに口を開いて笑った。皮肉にも、自然にも見える曖昧な笑みだ。

サナトは意味深長な表情に興味をそそられた。思わせぶりな言葉に、好奇心が湧き上がる。

「アペイロン、外来種とはどういうことだ？　何か知っているのか？」

と、その言葉に、竜が驚いた顔を見せた。

そして、大口を開けて哄笑《こうしょう》する。

「外来種すら知らんのか？　天使と悪魔を二体も連れて？　ものを知らんにもほどがある。いや……そやつらが話さなければ知る術もないか……」

アペイロンの茶色い瞳が、ルーティアとバールを値踏みするように動いた。居心地悪そうにそっぽを向くルーティアに対し、バールは腕組みをしたまま、薄ら笑いを浮かべている。

（なにかあったな……）

二人の雰囲気が変わったことには気づいていた。何より宿に戻ってきたルーティアは不自然なほどにハイテンションだった。リリスの手伝いをしながら皿を割り、秘密を隠すかのようにひたすらしゃべり続ける様子は、誰が見てもおかしかった。

「現状分析はもう結構です。サナト様に言いたいことがあるから呼んだのではないのですか？」

「……相変わらず貴様ら悪魔という存在は、身勝手な連中ばかりだ」

毒づいたバールに、アペイロンが不愉快そうな声で言った。

「だが、確かにな。サナトの知識を増やすために呼んだのではない。サナトよ――」

アペイロンが不敵な笑みを浮かべて、突風と見紛うばかりの息を吐いた。

ローブがはためき、草木がざわめく。

「我を殺せ」

台詞《せりふ》とは裏腹の弾んだ声で告げた竜は、歓喜を表すように巨大な羽を広げて吠えた。

第三十四話　原初の黒竜2

アペイロンが巨大な前足を踏み出した。

瞬く間に《フレアバースト》による炎玉が浮かび、草地が真っ赤に染まる。サナトは至極当然とばかりに《光輝の盾》を張る。

対物理、対魔法のダメージを百パーセント遮断する恐るべき盾だ。

巨大な竜は四足で跳びかかる姿勢を取りながら、不気味に嗤った。

「人間が後ろに下がらなかったのは初めてだ。見たところダメージ軽減用の盾に見えるが、そんなものでどうする気だ？」

「……そんな感想より、なぜお前を殺すという話になるのか教えてくれ。はっきり言って戦う理由はない。恨みもない」

「それは我を殺せたときに教えてやる」

「殺したら聞けないだろうが……」

「殺せると思っていることが傲慢だな」

「お前……死にたいのか、死にたくないのかどっちなんだ……」

サナトは大げさにため息をついた。まるで話が噛み合わない。アペイロンも、これ以上話すつもりはないようだ。

気持ちを切り替え、目の前で一気に収斂した赤く輝く炎球を眺める。

バールに《光輝の盾》を使用し、ルーティアに、「俺の中に」と声をかけて戻す。二人に色々と聞きたいことはあったが、すべて終わったあとで聞けばいい。

と、周囲が赤い光の奔流に呑まれた。見慣れた魔法だ。草花は一瞬で消滅し、大地は漆黒の地獄へと変わった。

だが、サナトは輝く盾に囲まれて立っていた。変わり果てた景色の中で、そこだけが楽園であるかのように。

アペイロンが目を細める。「これは期待できる」というつぶやきをサナトは聞き逃した。

「さあ、次は貴様の番だ」

話をまったく聞かない竜が首を回して横を向いた。まるで横っ面に一発入れてみろと言わんばかりのふてぶてしさに、サナトは苦い笑みをこぼす。

「殺し合いじゃないのかよ」

そう言いつつ、片方の手を挙げた。《ファイヤーボール》だ。本来は《フレアバースト》とは比較にならないほど弱い魔法だが、攻撃力を３０００に固定した改造魔法は、全てを焼き尽くす。

音を立てて向かった紅玉が、アペイロンの周囲に浮かび上がった灰色の膜にぶち当たった。一枚、二枚。ガラスの破片が飛び散るように割れた。そして、威力を殺されて縮んだ《ファイヤーボール》が鱗に覆われた横顔に当たる。

アペイロンが驚きながらのけぞった。しかし、余裕は消えない。

サナトが《神格眼》でＨＰを覗く。

「……まったく減らないとは。さすがの防御だな。俺の魔法でＨＰを削れないとは……さっき体に浮かんだ膜が防いだのか？」

「そうとも言えるし、違うとも言える。今の感触では、結界を突破し終えたときには、ほとんど威力がない」

「……ショックが大きいな」

「その割には悲愴感がないぞ。まあいい、次は我の番だ」

バールはまったく眼中にないようだ。アペイロンの熱が籠《こも》る視線はサナトにのみ注がれている。

巨大な前足が振り上がった。サナトは避けない。

驚くほどの速度で鋭い爪が空を切った。地鳴りが走り抜けるような音があたりに響く。リリスの斧技《流虎爪》がスケールアップしたかのような五つの斬撃が大地を抉り、《光輝の盾》に衝突した。

途端、光り輝く盾が見事に割れた。何もかも跳ね返し、無効化してきた絶対の盾がいとも簡単に消滅した。

サナトは驚愕の表情を浮かべると同時に、後方に吹き飛ばされた。

我が物顔で蹂躙する斬撃は留まるところを知らない。山肌に衝突して中腹まで駆け上ると、凄まじい傷痕を残してふっと消え去った。

アペイロンが愉快げに笑う。

「やはり、やはり……貴様は超越者側だ」

鋭い視線の先で、サナトが体についた埃をはたきながら立ち上がった。ローブは切り裂かれ、インナーも胸から右肩にかけて大きく千切れている。

だが――それだけだ。体には傷一つない。

サナトは素早くアイテムボックスからローブの替えを取り出して着替えると、《時空魔法》を用いて、一瞬でアペイロンの目の前に立った。

「防御力が桁違いになってから、障壁系を突破できるスキルがあるのをすっかり忘れていた」

「《斬滅》は障壁を消し飛ばすのだ。貴様が誇るその盾は、魔法に効果はあっても我の斬撃は防げんということだ。今後のために覚えておくといい」

「まあ、効かんがな」

「くくく……さて、貴様の番だ」

「何の茶番か知らんが、いい加減本当の目的を話したらどうだ？　本当に死ぬぞ」

「やれるものならやってみるがいい」

「まったく……後悔するなよ。言い出したのお前だ」

サナトは眉を寄せて、アペイロンを睨む。

理由は不明だが、規格外の竜は攻撃を待つ態勢だ。それならば存分にやってやろうと決断し、《解析》を実行する。

攻撃力３０００で効かないのなら、限界まで引き上げて当てるのみだ。

右手を上げた。手加減なしだ。

ファイヤーボール
《源泉》　？？？
《属性・形状・攻撃力》　火・球体・３２７６７
《必要ＭＰ》　１
《範囲》　単体
《呪文》
《生成速度》　10
《その他》　10％火傷

火炎弾が飛んだ。音も形もなんら変わらない。

だが、攻撃力は絶大だ。

アペイロンがまとう灰色の二枚の膜が、ほぼ同時に消し飛んだ。再び横っ面へ衝突。重低音が響き、「ぐぅぅっ」というくぐもった声が響いた。

竜の顔の右半分が燃え上がった。侵食する炎が広がる。痛みに耐えている表情だ。歯を食いしばり、燃えていない左側の目を苦しげに歪める。

炎がようやく鎮火した。あっという間に炭化した顔面の半分で――

竜は、会心の笑みをこぼした。

「……これでもその程度しか効かないのか」

サナトが呆れ果てる。

アペイロンに与えたダメージは約3600程度。第一級悪魔ウェリネの力を限界まで借りた《ファイヤーボール》ですら、半分程度しかHPを削れないという事実に、ただ驚くしかなかった。

アペイロンの顔が、時間を戻すように復元される。MPが減少し、HPが全回復する。ぶっ壊れスキルである《HP超回復》の効果だ。

竜は感慨深げに言う。

「凄まじい魔法だった。我の緩和結界で四分の一まで威力が低下してなお、さきほどのダメージ。感服と喜びを同時に感じたぞ」

「……大げさだな。俺は絶望感を味わったっていうのに」

「だが、こんなものではない。貴様の顔はまだ上があると言っている。そうだろう？　人間の外来種にして超越者のサナトよ。さあ、見せてみよ」

アペイロンが声を弾ませる。その顔からは、本当に死を恐れていないことがひしひしと伝わってくる。

――我を殺せ。

冗談ではないのだろう。アペイロンは死にたがっている。

未だに理由は分からないが、ここまで求められては応える以外にないだろう。

サナトは腹をくくった。

思い出す。最初の超越者と出会った時のことを。改造した《ファイヤーボール》一発では殺せない悪魔のことを。

一度死んだ先で出会った男の言葉を。

――同時に撃て。その分威力は上がる。

「ルーティア、行くぞ」

『うん』

体内のダンジョンコアが返事をした。気落ちしたような声色。

長い付き合いだ。サナトが考えることは暗黙の了解で伝わるし、ルーティアの気持ちの変化も自然と伝わる。

頼もしさと共に、俺に隠し事をするな、という小さな苛立ちを感じながら、サナトは右手を上げた。

そして、複数指定を併用した、《ファイヤーボール》の十連射が、怒涛の勢いで手から飛び出した。

「おおっ、これで、我も！」

アペイロンは、真っ赤に染まる眼前の光景に抱かれんと、凶悪な魔法に自ら突進した。

サナトの最大にして最強の攻撃は、巨体をあっさりと灰燼《かいじん》に帰した。

第三十五話　原初の黒竜3

終わったと、そう思った。

死を望む竜の命の灯火は、世界を超越する魔法によって掻き消えた――はずだった。

砂鉄のような微細な物質が、灰の中で蠢いた。黒い羽虫の群れと言い換えても良い。

ざわざわと集まっていく。爪が、指が、足が、体が、羽が、首が、顔が。

怖気の走る光景に、サナトは魅入られていた。

再生、創造。言葉は何でもよかった。

悔しげなアペイロンが、一分前となんら変わらない姿で立ちつくしていた。

「人間の超越者でも無理か……」

「アペイロン……」

「我は、世界の頂点にして、『基準』となるもの。故に、不滅……の責務を課せられたのだ」

アペイロンは悲痛な声で言った。泣き出す前の子供のような顔で、空を見上げ、乾いた笑い声を漏らす。

「説明してくれ」

「……長い話になる。話すのも億劫《おっくう》だ。隣の悪魔か、中にいる天使にでも聞くがいい。『上書き世界』とは何か、と聞けば答えは返ってくるはずだ」

悲しげな竜が、膝を折って巨体を降ろした。体には傷がないのに、生気は微塵も感じられない。もう用はない——そう言わんばかりに長い尾を丸め、首を曲げ、

「帰るがいい、サナトよ。呼びつけてすまなかった。少し……ほんの少しだけ……期待した……」

「事情は知らんが、もう一度試さないか？」

「……なんだと？」

「どうしても死にたいんだろ？」

サナトは巨体に近づいた。ぎょろりと動く瞳と視線を合わせ、「まだ、手はある」と口にする。

アペイロンが、再び体を起こす。その顔には苛立ちが浮かんでいた。

「根拠のない希望は、何よりも腹立たしい」

「元々が期待薄なんだろ？　それとも痛みが怖いのか？」

「貴様………いいだろう。やってみよ。さきほどの魔法か？」

「いいや、俺のオリジナルだ。抵抗を許さない魔法だから、きっと死ねる」

「どんな攻撃魔法であれ、我の《結界魔法》は自動で発動するぞ」

「攻撃ではないから、どうかな？」

サナトは右手を上げた。足下に光の輪が浮かぶ。

「回復の光だと？」

「まあ見ていろ――《絶対浸食》」

光が波状に走り抜けた。アペイロンの体が聖なる光で輝き、そして傾いた。目を見開いたまま、どうっと轟音を響かせて倒れ伏す。

しかし――

数秒後、アペイロンは重い体を引きずるように起こすと、恨みがましい瞳で睨んだ。

「まったく痛みのない凄まじい魔法だ。だが……死ぬのは不可能のようだな」

サナトは「気が早い」と苦笑いしながら、アイテムボックスから《復活の輝石》を取り出した。アペイロンに向けて軽く放り投げる。巨大な口内が、飛来するそれを受け止めた。

「なんだ、これは？」

「よく分かった。次はたぶん死ぬことになるから、持っておくといい。それが作動するということは、死んだということだ」

「……何をする？」

サナトはアペイロンの言葉を聞き流す。

大見得を切ったが、これは一つの賭けでもあった。最後の確認も忘れてはならない。

「アペイロン……もし、次で死ねたら、俺に力を貸してくれ」

「なに？」

「死んだあと、輝石の力で生き返ったら、お前は俺のものだ」

サナトはゆっくりと竜の顔を見上げた。

目を丸くするというのはこういう状態なのだろうか。驚きの表情が、じわじわと崩れて笑みに変わった。

「ふふふ……ふはははは！　その目は、本気で殺せると思っておる！　いいだろう、いいだろう！もし、そうなったら力を貸そう。我の人生で一番の恩人となるのだ。貴様の人生が潰《つい》えるまでは共にいてやろう」

「話は成ったな。では行くぞ」

サナトはアペイロンの爪に触れた。たっぷり十秒数えた。さらに手を放して、もう一度触れた。

セナードの《召喚魔法》を《複写》して以来の天の声が脳内に鳴り響いた。

——《解析》が完了しました。《複写》を行いますか？　ＹＥＳ　ｏｒ　ＮＯ？

「ＮＯ」

サナトは微笑む。アペイロンのスキルはレアな物ばかりだ。欲を言えば、《竜鱗》や《結界魔法》は欲しかった。

しかし、アペイロン自身が手に入るのならば、諦めても良い。

特定対象への一度きりの《解析》。

《複写》を拒否した場合の流れは、すでに何度も実験済みだ。

――《複写》が拒否されました。代わりに《転写》を行いますか？　ＹＥＳ　ｏｒ　ＮＯ？

「ＹＥＳ」

――対象に《転写》するスキルを選択してください。

「ユニークスキル、《時空魔法》」

――上書きするスキルを選択してください。

「《不滅不死》」

――上書きに成功しました。

「よし、《絶対浸食》……安心して死ね。そして――俺の下に来い」

＊＊＊

大地にアペイロンの歓喜の声が響いた。

「ふはははは！　ふはははは！」

「笑いすぎだろ」

「こんなことがあってたまるか！　こんなに短時間で、我は死ねるようになったのか！　一体何年苦しんだと思っているのだ！」

アペイロンはうっすらと涙を浮かべながら、口の中の《復活の輝石》を吐き出そうとする。

もう三度目だ。だが、使用して消滅した輝石が落ちてくるはずがない。

「本当に……本当に……死んだのか」

「そう言っただろ。お前の《不滅不死》を《時空魔法》で上書きした。復活に関係しそうなスキルがそれくらいだったから試したが、正解のようで良かった」

「そんなことが可能とは……笑わせてくれる」

「一応言っておくが、今のアペイロンは頑丈な竜と変わらなくなった。無茶をして死ぬのは勘弁してくれよ」

「ふはははは！　サナト、我の頑丈さをそこらの竜と同じにするでない」

「そういう軽口をたたくやつに限って、すぐ死ぬんだよ」

サナトはそう言って、ため息をつく。

アペイロンが嬉しそうに笑いながら巨体を大地にこすり付けた。どしんと背中から転がり、また腹ばいに戻る。

小さな竜がやれば可愛げがあるのだろうが、途方もない地震に襲われるサナトにとっては、迷惑この上ない動きだ。

「アペイロン、俺達も連れが上空で待っている。召喚の儀式を始めていいか？」

「おおっ！　そういえばサナトは《召喚魔法》も持っているのだったな。我が召喚モンスターになるなど初めてだ。わくわくするぞ」

「どうもキャラが変わったな。まあいいか……『我が名はサナト。アペイロン、隷属せよ』、えっと……『召喚の言葉』が……長すぎだ」

サナトの《神格眼》に映る文字は極小でびっしりと詰め込まれている。読ませる気がまったくない説明文のようだ。

アペイロンがごろりと元の姿勢に戻った。茶色い双眸が一変して真摯な光を宿している。厳かに言った。

「好きに言葉を述べるがいい。召喚とは本来、互いの意思を通わすもの。無理やり隷属させるがゆえに決まった言葉が必要なだけだ」

「そうか……『力を貸してくれアペイロン』」

サナトの言葉を聞いて、竜が高らかに吠えた。

「承知した。我が名は世界の頂点アペイロン。サナトよ、我は汝《なんじ》についていく」

巨体の下に淡い光が広がった。白にも黄色にも見えるそれは、実体を持つ布のように体を包む。

奇怪な文字が端から走り抜けた。

こうして、アペイロンは召喚モンスターとして姿を溶かした。

＊＊＊

「嘘だ……今のは《召喚魔法》だよな、まさか……まさか……まさか……」

白髪のダレースがわなわなと震えている。顔色が髪と同じく真っ白だ。

その隣に、仮面を取った女性が立った。カルナリアだ。

「サナトって《召喚魔法》も使えますから、間違いないでしょう」

「カルナリア！　そんな簡単に終わらせていい話じゃないんだ！　あれは禁忌だぞ!?」

「分かってますよ。でも、ギルマス……頭を抱えたって結果は変わりませんよ」

カルナリアが「さすがだ」とにたにた笑っている。背後の三人の男性達の会話が耳に届いた。

「カルナリアの正論ってきついからな。現実を受け止められないギルマスにとっちゃ悪夢だろうよ」

「俺はサナトが竜に吹っ飛ばされて生きてた時点で、もうおかしいって諦めたぜ……ってか、これでまたギルマス案件増えるな」

「だから、俺はギルマスの右腕になるなんてごめんなんだよ」

三名のうち、最も体格の良い男が、崩れ落ちそうなダレースの肩を背後からとんとんと叩いた。

「ギルマス、とりあえず気持ちを切り替えて行きましょうよ。まずは気を病んでいるであろう陛下に報告を――『原初の黒竜は、サナトの召喚モンスターとなりました』って」

ダレースはその言葉に、気色を失った。そして、体を震わせて叫んだ。

「あり得ない！」

「あり得るんですって」

カルナリアが呆れた顔で肩をすくめた。

＊＊＊

リリスは、ダレース達のやり取りを耳にしながら、ふうっと熱く細い息を吐いた。

ようやく鼓動の波が収まってきた。

サナトが吹き飛ばされた瞬間には本当に心臓が止まったかと思った。

負けるはずがないと信じてはいても、敵は禁忌と呼ばれる竜だ。心配にならないはずがない。

その戦いがようやく終わった。

結局、「ゲートでギルドに帰れ」というサナトの指示を無視してしまったが、後悔はしていない。

見届けたいと思ったのが本音だ。

竜はダレースが言う通り《召喚魔法》で隷属させたのだろう。上から見る限りでは、細かい部分は分からない。

けれど、サナトが満足そうな顔で手を振っているのを見ると、きっとうまくいったのだと思う。

王国の誰もが畏怖する竜を、サナトは配下に置くことになった。

「ご主人様……」

リリスはサナトと出会ってバルベリト迷宮に入った日を思い出す。

主人に認められたい一心で、あの日から背中を追いかけ続けてきた。

役に立たなくなったら捨てられるのでは、という不安の裏返しでもあった。

サナトが強くなる度に、すごいと口にしつつ、心の奥底では怖がっていたのかもしれない。

でも、サナトが自分を大事にしてくれる気持ちは本物だ。

禁忌の竜を従えても、そこは何も変わらないだろうと思う。変わるとしたら周囲。

この話はすぐに広まり、サナトの名声を耳にする人が増えるはずだ。

良い噂も、悪い噂も流れるだろう。

けれど、どんな結果でもサナトは立ち止まらないはずだ。

更なる力を身につけ、より高みを目指して冒険を続けていくのだと思う。

リリスは主人の輝かしい未来に思いを馳せ、まどろむように微笑んだ。


――完――

大貴族家に生まれた少年、シアン。彼は順風満帆な人生を送るはずだったが、魔法の力を授かる成人の儀で、水しか出ない役立たずの神具【コップ】を授かってしまう。落ちこぼれの烙印を押されたシアンは、名ばかり領主として辺境の砂漠に追放されたのだった。どん底に落ちたものの、シアンはめげずに不毛の領地の復興を目指す。【コップ】で水を生み出し、枯れたオアシスを蘇らせたことで、領民にも笑顔が戻り始めた。その時、【コップ】が聖杯として覚醒し——!?　シアンは【コップ】をフル活用し、名産品作りに挑戦したり、不思議な魔植物を育てたりして、自由に町を作っていく!

●定価：本体1200円＋税　●ISBN 978-4-434-27336-0　●Illustration：もきゅ

本書はWebサイト「アルファポリス」（https://www.alphapolis.co.jp/）に投稿されたものを、改題、改稿、加筆のうえ書籍化したものです。

スキルはコピーして上書《うわが》き最強《さいきょう》でいいですか4
改造初級《かいぞうしょきゅう》魔法《まほう》で便利《べんり》に異世界《いせかい》ライフ

深田《ふかだ》くれと　著

2020年7月3日初版発行

編集－宮本剛
編集長－太田鉄平
発行者－梶本雄介
発行所－株式会社アルファポリス
〒150-6008東京都渋谷区恵比寿4-20-3恵比寿ガーデンプレイスタワー8F
TEL 03-6277-1601（営業）03-6277-1602（編集）
URL https://www.alphapolis.co.jp/
発売元－株式会社星雲社（共同出版社・流通責任出版社）
〒112-0005東京都文京区水道1-3-30
TEL 03-3868-3275
イラスト－藍飴
URL https://www.aoimaro.com/
デザイン－AFTERGLOW
印刷－図書印刷株式会社

価格はカバーに表示されてあります。
落丁乱丁の場合はアルファポリスまでご連絡ください。
送料は小社負担でお取り替えします。

ISBN978-4-434-27523-4 C0093